KB155401

인생은 성공보다는
행복플러스⁺

인생은 성공보다는
행복플러스⁺

발행일　2022년 12월 20일
펴낸이　김장기
펴낸곳　도서출판 생각풀이
ⓒ 김장기 2022

제작　　주식회사 이야기담
표지 및 본문 디자인　김정미 홍선희
등록　　제 2012-000018호

ISBN　　979-11-976012-9-3
값 18,000원

인생은 성공보다는

행복플러스+

김장기

도서출판 생각풀이

사람들은 '왜^{why}'라는 질문을 자주 사용합니다. 당신은 지금 행복한가요? 이 질문에 대해 아니라고 대답하면 '왜 그렇냐'며 성가신 질문이 이어집니다. 갑자기 행복하냐고 물어놓고 부정적으로 대답하면 걱정스러운 듯이 다시 묻습니다.

왜 이런 과잉된 행동을 보일까요? 누구나 행복을 추구하며 살아갈 권리가 있기 때문입니다. 옆에 있는 사람이 행복하지 않다고 말하니, 자기 일이 아닌데도 내심 커다란 걱정거리를 만난 듯했습니다. 말로는 행복을 갈망했지, 실제 행복이 무엇인지 제대로 깨닫지를 못했습니다.

행복, 그저 한순간 막연하게 즐거웠던 사건들이 떠오를 뿐이었습니다. 과연 내가 행복하게는 살았는지, 지금 행복하게는 살고 있는지, 행복하지 못하면 그 이유가 무엇인지 귀찮을 만큼 잡다한 생각들이 떠올랐습니다. 성가시기도 했습니다.

더욱 난감했던 일은 사람들이 불행한 인생을 살았다며, 자신들의 삶에 대해 온통 비관적인 태도를 쏟아낼 때였습니다. 어떤 사람들은 행복을 한 번도 맛본 적이 없는 생소하고 낯선 일처럼 무시했으니까요. 그런데 또 다른 누군가는 정반대였습니다. 벼랑 끝에 서서 두려움의 발자국을 푹푹 찍으며 살아온 인생 이야기를 행복 콘서트처럼 신나게 틀어놓았으니까요. 꼭 행복이 행복을 부르듯이 말입니다.

이를 쉽게 입증할 수 있는 사례는 MBN TV의 "나는 자연인이다"라는 방송프로그램입니다. 개그맨 윤택 씨와 이승윤 씨가 만났던 숱한 자연인들은 척박한 자연환경 속에서도 마냥 행복하다며 인생 이야기를 간증했습니다. 여기에 출연했던 자연인들은 "지금 무척 행복하다", "더 이상의 행복을 발견하기는 어렵다"라며 한결같은 자기만족감을 드러냈습니다. 풍요로 웠던 과거보다는 가난해도 현재의 삶이 훨씬 마음도 편하고 행 복했습니다. 하나같이 이들은 왜 우리와는 달리 행복했던 것일 까요? 현실 생활에 대한 자기만족감입니다. 자연인들은 척박 한 환경 속에서도 용기를 잃지 않고 행복을 찾아 나섰으며, 스 스로 행복을 찾고 배우며 누리는 삶의 법칙을 깨달았습니다. 행복이란 주어진 환경 속에서 찾고 배우며, 키우고 누려야만 할 삶의 의미였습니다.

아마도 이 책의 중심 테마가 될 듯합니다. 그래서 빽빽하게 이성적으로 글을 풀어가지는 않을 겁니다. 우리는 합리적인 조 건을 갖추고 있지는 못해도, 행복한 인생을 충분히 끌어낼 만 큼 삶의 여지를 갖고 있습니다. 그래서 나는 사람들의 행복 이 야기를 뒤쫓아 가볼까 합니다.

여기에선 힘껏 행복 에너지를 쏟아내 볼까 합니다. 여러 가 지 공들여 쓴 행복 이야기들이 졸필이라고 해도, 이 또한 내 삶 에서 행복을 더해가는 일이기도 했습니다.

2022. 12. 20.

달샘 드림

차례

Part 3. 키워야 할 행복

Part 4. 누려야 할 행복

행복

여기에 있는 것도 아니고
저기에 있는 것도 아니며

바로
내 안에 있는 너!

Part 1

찾아야 할

행복

제1장

/

행복 선언문

겨울 강가의 행복

감정의 대상은 사람만이 아닙니다. 무조건 즐겁거나 쾌락적이지도 않습니다. 흔히 좋은 인연은 사람들끼리만 주어진 것으로 생각합니다. 하지만 사람과 사람 사이에는 궁합이 잘 맞느니 인연이 있느니 서로 애틋한 감정을 나누어도, 사실 불행한 인연들이 훨씬 많았습니다.

처음 만났을 때부터 깊은 정을 나누며 좋은 관계를 유지해도, 시간이 흘러가면 비틀어진 관계로 악화되는 현상들이 비일비재했습니다.

나이를 먹고 보니 내 삶에 크게 영향을 미친 것은 사람만은 아니었죠. 흘러간 과거의 기억 속에는 왜 행복을 낯선 이방인처럼 생각했는지 짙은 후회가 밀려왔습니다. 행복은 과거도 미래도 아닌 현재진행형입니다. 행복한 상태를 일관성 있게 유지해 나가야만 했죠.

다행히도 마음 한 칸에는 따뜻한 온기가 조금씩 흘렀습니다. 과거의 내 인생은 두꺼운 얼음 밑으로 흘러가는 겨울 강물처럼 전혀 희망이 없었는데, 춥고 어두운 세상에서도 실오라기 같은 희망을 품었습니다. 끊임없이 혈관을 타고 흘러가던 온기였습니다. 제법 꿋꿋하게 살아온 시간 때문인지, 희망을 발견하고 품었던 그 순간에는 삶 자체가 무척 행복하게 느껴졌습니다.

혹독한 겨울 날씨도 두렵지는 않았습니다.

이제는 겨울 아침을 기다립니다.
졸졸졸 흘러가는 강물이 왜 그렇게 보기 좋았던지,
혹독한 추위 속에서도 꿈틀거리던 희망을 보았습니다.
겨울 강가에 잠시라도 서 있어 보세요.

흐르는 강물 위로 삶의 찌꺼기들을 떠나보내면
다시 살아갈 용기를 얻습니다.
내려놓아야만 할 것이 있으면
두려워하지 말고 시원하게 내려놓으세요.
그래야 아낌없이 흘러 보내야만 할 것과
어떻게 살아갈 것인가를 알 수가 있으니까요.

그래서였을까요.
지금까지 지나온 기억을 거름 삼고
그저 하고 싶은 일들을 상상하며
끊임없이 살아가는 것도 행복이란 걸 알았습니다.
틈틈이 돌들이 드러난 물 밖으로
날개짓 하며 흘러가는 겨울 강물은 말이 없었습니다.

비록 춥고 힘이 들어도, 마냥 봄을 기다리고 있듯이
잔잔한 미소 위로 희망을 품었습니다.

그럴 때마다 산과 바람과 세월과도 함께 조화를 이루며,
언제나 끝없이 봄을 기다렸는가 봅니다.

수풀을 만나면 수풀 사이로 흘러가고
바위를 만나면 옆으로 비껴서 흘러가고
좁은 수로를 만나면 함께 의지하며 흘러가고

낭떠러지를 만나면 신나게 비명을 지르며 흘러갑니다.

겨울 강물을 바라보고 있으면
언제나 높은 곳에서 낮은 곳으로
일관되게 흘러가는 삶의 깊이를 배웁니다.
나도 그런 마음으로 살아야 행복하지 않을까요.
혹독한 겨울 추위 속에서도
내 삶은 늘 행복을 유지해야만 했으니까요.

언제까지라도 삶의 목적지를 향하여
끊임없이 끝없이 흘러가는 겨울 강물처럼
희망을 품고 살아가는 행복 여정이면 좋겠습니다.
내 인생이 끝나는 그날까지도.

이상하게 겨울 강가에 서서 다시금 삶의 희망과 용기를 품었더니, 행복이라고는 눈곱만큼도 없을 것 같았던 내 인생에도 온기가 밀려왔습니다. 아무리 춥고 각박한 한겨울과 같은 인생이어도, 행복한 삶을 꿈꾸고 추구했더니 고난과 시련을 바라보는 내 생각도 바뀌었습니다.

비록 육신은 일정한 나이를 먹고 멈추어 서서 성장하는 일이 없어도, 내 생각과 정신은 한 걸음 더 성숙해져 간다는 것,

하루하루 나이를 먹으면 행복을 이해하는 삶의 시선도 훨씬 너그러워졌습니다.

삶이란 행복한 일들을 더 많이 축적하기 위한 인생 여정인 겁니다. 그래서 나이는 거저먹는 게 아닌가 봅니다.

다른 존재와의 만남

만남이란 참 중요한 일이죠. 사람은 항상 누군가와는 만나고 인연을 맺으며 살아갑니다. 하지만 그 대상은 꼭 사람만은 아닙니다. 요즘 같은 시대에는 반려동물과도 가족같이 지냅니다. 나와 가깝게 지내던 분이 자기 삶을 빗대어 표현했던 말입니다.

쌤, 밤늦게 집에 들어가면 와이프와 아이들은 잠을 자고 저를 가족이라고 반겨주는 것은 꽃순이밖에 없어요.
우리 집 고양이요.

꽃순이를 생각하던 그분의 얼굴에선 소소한 행복감이 묻어났죠. 그래서 우리가 생각해 볼 만남의 대상은 크게 사람과 사물입니다. 그런데 또다시 골똘히 생각했더니, 사람은 기다림의 대상이지만 사물은 그리움의 대상입니다. 사람은 주로 보고 싶을 때가 많았는데, 사물은 찾아가고 싶을 때가 많았습니다.

특별히 인연이 깃든 장소는 더욱 그렇습니다. 시 낭송가인 문길섭 교수는 다른 대상과의 인연을 자신과 시와의 체험적인 만남으로 풀어냈습니다. 구상 시인의 말을 인용해서 참다운 인간의 행복은 다른 존재와의 깊은 교감에 놓여있으며, 그 대상은 사물이나 인간 모두에게 해당되었습니다.

> 항구적이면서도
> 참다운 인간의 행복이란 사물이나 인간,
> 즉 다른 존재와의 깊은 만남에 있다.
>
> - 문길섭, <흔들릴 때마다 시를 외웠다>, 비전과 리더십, 2016 -

인간의 행복은 주로 다른 존재와의 깊은 교감에 놓여있습니다. 주로 인연이라는 것은 사람들과의 관계에서만 중요하게 다루었으며, 사람들과의 관계에서 행복했던 순간을 발견할 때가 많지는 않았습니다. 그런데 이런 행복을 발견하는 일을 사람에게서만 찾았습니다.

그래서 이점에 대해 강하게 반문해 보았지요. 그랬더니, 우리가 찾아야만 할 행복의 대상은 사람이든 사물이든 별로 차이가 없었습니다. 오히려 사람보다 사물과의 관계에서 행복감을 느끼는 일들이 훨씬 많았으니까요.

그런 이유인지 사람들과의 관계에서는 깊은 상처를 많이 입었지만, 사물과의 관계에서는 좋은 감정적인 기억들이 자리를 잡았습니다. 사람들과는 달리 사물은 기다림의 대상보다는 그리움이 물든 곳이었습니다. 때때로 이런 그리움은 큰 위안과 행복감을 안겨줍니다.

젊을 때는 먹고사는 일에 숨 가빴던 나머지, 그리움이 깃든 애틋한 장소를 마음 곳곳에 새겨놓지를 못했습니다. 그랬더니만 한동안 빽빽한 인생 스케줄에 치여, 숨이 콱콱 막힐 것만 같았던 현실 상황 속에 묶여 있었습니다.

때론 기다림보다는 그리운 곳을 찾아갈 때에 더 큰 위로를 얻었습니다.

이렇게 보면 사람들이 매주 산과 바다로, 강으로 그리움의 대상들을 만나러 가는 숨 가쁜 발걸음을 이해할 수가 있을 겁니다. 다른 존재와의 깊은 만남은 삶의 위로를 껴안고 있던 행복한 그리움이었던 거죠.

　우리는 과한 것, 또는 지나친 것은 크게 달가워하지를 않습니다. 과도하거나 지나치면 주의 깊은 경계 대상이었죠. 이를 대표하는 사례는 일종의 과다, 또는 과식 현상입니다. 너무 과하면 체중 비만의 원인이 되었습니다.

　하지만 행복은 다릅니다. 대부분의 행복은 우리의 사전경험에서 우러나왔지만, 그저 공짜이거나 반대급부로 자연스럽게 얻어진 것은 아닙니다.

행복을 누리는 정도는 선천적으로 타고난 것이 아니라, 행복을 누려본 만큼 또다시 누려볼 수가 있는 겁니다. 이런 사전 경험들은 앞으로 더 행복하기 위해서라도, 지금부터라도 꼭 붙잡아야만 할 것들입니다. 어둠 속의 짙은 그림자와도 같은 부정적인 생각과 감정들은 내려놓아야만 하며, 긍정적인 생각과 감정들은 계속해서 붙잡고 쌓아가야만 하겠지요. 그래야만 행복했으니까요.

하지만 이상한 점도 있었습니다. 상대적으로 행복했던 순간들은 불행했던 순간보다 지속성이 매우 짧았습니다. 불행했던 사건은 한 번 발생하면 며칠째 찌꺼기가 남아서 내내 감정을 짓누르고 괴롭혔지만, 행복했던 순간들은 길어야 삼십 분을 넘기지를 못했습니다. 한순간에 행복했던 감정들은 바람처럼 지나갔습니다.

이런 불행한 사건과 행복한 사건은 생각과 감정의 몰입 정도에서 커다란 차이를 보였습니다. 부정적인 감정은 쉽게 가라앉지를 않습니다. 부정적인 감정 상태에서 벗어나는 좋은 방법 중의 하나는 억지로라도 끊임없이 행복*happiness*이라는 것을 삶의 질그릇 속으로 꾸역꾸역 채워 넣는 일입니다. 만약 이 땅에서 살아가는 시간이 삶의 질그릇이라면, 그 시간 속에 한없이 채워야만 할 것은 행복한 순간들이었죠.

그렇지만 행복은 기다림도, 슬픔도, 아픔도, 기쁨도, 희망도 모두 뜨거운 용광로의 제련 과정을 통과해야만 생성되던 결과물이었습니다. 온갖 부정적인 불순물을 걸러내야만 정제된 행복이 만들어졌습니다.

다시 말해, 이제껏 행복을 잘 몰랐습니다. 별로 깊이 고민해 본 적도 없었고 한 번도 제대로 배워본 적도 없었지요. 온갖 고난과 시련을 겪어가며, 그래도 살 만큼 세상을 살아본 이후에야 행복의 참된 의미를 조금씩 깨우쳤지요. 예, 맞습니다. 내가 행복에 대하여 조금씩 관심을 갖게 되면서, 점점 더 행복한 인생을 추구하게 된 것입니다.

행복은 언제이든 열려있는 인생 보물같지만, 그렇다고 아무나 손쉽게 맛볼 수 있는 대상은 아닙니다. 다행인 것은 나와 비슷한 생각을 갖고 계신 분도 있었습니다. 네이버 블로그에 올라와 있던 인생 교훈이었습니다. 세상을 지혜롭게 산 현자賢者의 글이라며, 행복한 인생을 위해서 어떤 삶의 방식을 추구해야만 할 것인가를 암시했습니다.

늙어서 생각하니 만사가 아무것도 아니며
걱정이 태산 같으나 한 번 소리쳐 웃으면 그만인 것을

– 허영희, "아침을 열며", 충청신문, 2020 –

그런데 왜 이렇게 어리석게만 살았을까요. 결국 늙고 늙어
말하고 싶었던 것은 "만사가 아무것도 아니며 걱정은 태산 같
으나 보잘것없다"는 인생사였습니다. 인생을 살아가는 동안 강
한 심리적인 압박감이 엄습해와도, 아무런 걱정 없이 행복한
삶을 추구하라는 말입니다.

하지만 행복한 인생이 삶의 일번지가 되기까지는 오랜 세월
이 걸렸습니다. 깨어지고 또 깨어지면서 깨달아야만 했던 삶의
가치이고 인생 여정이었던 거죠.

행복 궁금증

　행복한 일이 무엇이냐고 물으면, 나는 망설임 없이 새벽에 일어나 글을 쓰는 시간이라고 말합니다. 아파트 창문을 열면 짙은 어둠 속에서 천천히 밝아지던 산봉우리와 도시의 정경들이 애틋했지요. 어둠 속에서도 환하게 실체를 드러내면 정겨움이 느껴졌습니다.

　줄곧 새벽 시간이 즐거워 그 시간에 일어났습니다. 그렇다고 정겨운만큼 글은 잘 써지지를 않았습니다. 가끔 잘 써지는 날도 있었지만, 그렇지 않은 날들이 훨씬 많았거든요. 그래도 새벽에 일어나는 때가 많았습니다.

현실 생활은 조금 피곤하고 고달파도, 최대한 행복을 누릴 수 있는 일은 새벽마다 글을 쓰는 반복된 작업이었거든요. 글을 쓰는 일은 잡다한 생각에서 벗어나 좋은 글을 써보려고 집중하는 몰입의 시간이기도 했습니다.

어떤 날에는 갑자기 기발한 영감이 떠올라서 좋은 글을 마음껏 쓸 것만 같았지요. 노트북 자판을 두드리기 전부터 엄청난 기대감이 솟아났습니다. 그러나 번뜩이던 영감과 글쓰기 결과는 매번 별개였습니다. 분에 넘치던 기대감과는 달리 생각을 집중하며 자판을 두드리는 일은 무척 힘겨웠습니다.

아무리 행복한 일이어도, 그 일을 매번 반복하는 것은 생각만큼 쉽지가 않았습니다.

그러던 중에 일본의 유명한 베스트셀러 작가였던 무라카마 하루키의 일화를 접했습니다. 2019년에 그가 쓴 소설 〈해변의 카프카〉를 파리에서 공연하고 있을 때였습니다. 유럽의 젊은 팬들과 미팅하던 자리였는데, 팬 미팅은 젊은 여성 다섯 명과 함께 예술 감독들의 질문에 응답하는 방식이었죠. 이들 중의 한 명이 하루키에게 "왜 소설을 쓰냐?"며 선뜻 물었습니다.

하루키는 소설가로서 글을 쓰기 시작한 지 약 40년이 지난 시점이었습니다. 그는 1986년 일본 광문사光文社에서 발간한 수필집 〈랑겔한스섬의 오후〉에서 소소하지만 작고 확실한 행복이 담긴 '소확행小確幸'이란 신조어를 최초로 사용했습니다(문학콘서트 문학칼럼에서 발췌). 이뿐만이 아니라, 1994년 요미우리 문학상, 2006년 프란츠 카프카상, 2009년 예루살렘상, 2014년 벨트 문학상, 2016년 안데르센 문학상을 수상했습니다.

이런 그가 팬들과의 미팅에서 익살스럽게 답변했지요.

왜 소설을 쓰고 있는지 나도 모르겠습니다.

왜 이렇게 대답을 했을까요? 처음에는 세계적인 소설가도 "직업인으로서 습관적인 글쓰기를 하고 있을지도 모를 일이다"라며 추측했습니다. 매일 노트북을 켜놓고 일정 한 분량의 원고를 써 내려가던 반복적이고 습관적인 글쓰기 작업을 유지했을 것이라고.

글이 잘 써지는 날이든 그렇지 않은 날이든 의자 위에 엉덩이를 붙이고 앉아서 글을 썼을 거라고.

또한 너무 오랫동안 반복해서 글을 쓰다 보니 매너리즘에 빠졌을 것이라고 단정했습니다. 그의 솔직한 대답은 마음속 깊이 와 닿았지만, 내가 보편적으로 생각했던 대답과는 너무 차원이 달랐습니다.

매일매일 삶의 행복을 위해 글을 씁니다.

하루키는 이렇게 대답할 줄 알았지요. 그러나 만약 이런 대답을 쏟아냈다면 그 결과는 어땠을까를 생각했습니다. 그 자리에 모여 팬미팅 하던 분들도 이런 대답을 기대했을지도 모를 일이었구요. 누구이든 그와의 대화 속에서 쉽게 예상해 볼 수 있는 대답이었으니까요.

하지만 중요한 대목은 자신도 모르게 반복적이고 습관적인 글쓰기 활동을 통해서 행복한 순간을 마음껏 누리고 있는 겁니다. 매일 글 쓰는 일이 행복하지 않았다면 계속해서 오랜 기간 글을 쓰는 일은 불가능했겠지요.

그래서 나는 스스로 행복을 발견하는 일은 저런 것이지 않을까를 유추했습니다. 매일매일 반복적이고 습관적으로 좋은 기분과 긍정적인 감정, 기쁨을 느끼며 살아갈 수 있도록 내 삶을 조율하는 것, 그게 행복한 삶을 추구하는 실천적인 방법이지 않겠느냐는 것입니다. 이렇게 되풀이되는 소소하고 행복한 과정을 걷고 또 걷다 보니 세계적인 작가가 되었을 것이라고.

그렇습니다. 행복은 큰 것보다는 사소하고 작은 것부터 채워나가는 일, 이런 일들을 계속해서 쌓아가다 보면 어느 순간부터 행복한 삶은 내 곁에서 매 순간 재잘거리듯이 웃고 있을 것입니다. 글을 쓰는 일은 근심과 걱정이 사라진 몰입된 상태, 매일매일 집중하고 반복된 글쓰기 속에서 행복감을 누렸으니까요.

아마도, 무라카마 하루키도 그랬을 겁니다.

제2장

/

행
복
풀
이
의
　
시
각

주
관
식

행
복
풀
이

인생은 객관식일까요?

아니면 주관식일까요?

　난해한 현상을 이해할 때도 자주 쓰는 방법입니다. 바로 비
교입니다. 최소한 둘 이상의 사이에서 누가 더 행복하냐, 불행
하냐는 이분법적인 잣대를 적용했습니다. 인생을 이야기할 때
도 똑같습니다. 누가 더 멋진 인생을 살았느냐 그렇지 못했느

냐를 비교할 수 있거든요.

그래서 행복을 바라보는 시각에서도 누가 더 행복할 것이냐는 시선 차이를 느꼈습니다. 주로 이런 관점은 주관적이냐 객관적이냐를 떠나서 삶에 대한 재해석, 또는 인생 해답을 얻기 위한 문제 풀이 방식과도 같았습니다. 내게 주어진 삶의 체험을 개별적으로 해석하고 이해하는 행복 풀이말입니다.

어떻게 인식하며, 자기 행복을 개별적으로 풀어나갈 것인가는 매우 중요했습니다. 인생은 사람마다 행복을 찾아가는 과정으로 말하기도 했습니다. 또한 흔한 표현이지만 인생은 길^{road}에 비유했습니다. 또 다른 사람들은 그 길을 걸어가는 우리 인생을 나그네라고 말했습니다. 본향의 집을 떠나 정처 없이 길을 걸어가는 손님과도 같은 삶의 테두리였지요. 주인의 삶은 아니라는 거겠지요.

나그네 인생은 언제 어느 곳에서 걷던 길을 마감할지도 모릅니다. 이런 인생길은 한 번만 경험할 뿐이지, 두 번 세 번 체험하지를 못했습니다. 우리 인생은 실패가 누적되면 누적되는 대로, 행복이 쌓이면 쌓이는 대로 나그넷길을 걸어가는 게 삶의 특성입니다.

하지만 이렇게는 생각해 볼 수가 있었습니다. 그 인생길을 행복한 나그네로 살 것인지, 불행한 나그네로 살 것인지의 선택 문제였습니다. 한 번 밖에는 없는 인생길, 절대로 보너스가 있는 게 아닙니다. 지금부터라도 어떤 길을 선택하며 살아갈 것인가에 따라서, 내 인생길은 다른 결과물을 만들어낼 것입니다.

사실 인생이라는 것, 또는 삶이란 주제는 너무 번거롭고 난감했습니다. 평생을 살며 고민해 보아도 제대로 이해할 수 있는 범위는 한정되어 있었습니다. 밤낮 생각해 보아도, 제대로 알 수 있는 게 거의 없다는 말입니다. 그래서였는지 무조건 인생 이야기를 꺼내면 복잡하고 난해하다는 이유만으로 덮어 두려고만 했습니다. 너무 중요한 일인데도, 너무 번거롭고 까다로운 것이 인생 풀이였습니다.

나 또한 인생 문제를 놓고 신랄하게 논쟁을 벌였던 적이 있습니다. 운명론에 빗대어 인생을 말하는 사람들, 또는 돈이라는 이기적인 목적만을 성취하려던 사람들과의 갈등 논쟁이었거든요. 주로 사람들은 인생관을 일정한 틀에 가두어 놓고 이해하거나, 일정한 원리 속에서만 생각하려고 했습니다.

그러나 나는 순간순간 행복한 삶을 살아가기 위해 다채로운 고민은 필수적이라고 본 겁니다. 개별적으로 사람들에게 주어진 상황에 맞게 다양하게 풀이해야만 한다는 관점입니다.

지금껏 살아보았더니, 내 인생은 어디에서 한 번도 경험해본 적이 없는 난해한 문제들로 가득 찼습니다. 너무 개별적인 문제여서, 내가 경험했던 삶의 흔적들은 다채롭기만 했습니다. 그때그때 체험하고 인식해야만 하는 삶의 모습들은 다른 상황 앞에서 다른 문제를 낳았습니다.

그렇다면 이쯤에서 그 이유를 밝혀볼까요. 류시화 시인의 <시로 납치하다>에서 인용했던 에릭 핸슨의 "모든 가슴에 태풍이 있다"라는 시^{poet}를 마음으로 한 번 음미해볼까요. 뜬금없이 또 시를 꺼내는가 하고 생각하겠지만, 모두의 가슴에는 허리케인이 불고 있고 모두의 영혼에는 별이 빛나는 바다가 있으며, 모든 마음에는 중력에서 해방된 별똥별이 있습니다.

그리고 모두의 삶에는 지금도 번개가 치고 있습니다.

모든 가슴에는 태풍이 있고
모든 영혼에 별이 빛나는 바다가 있고
모든 마음에 중력에서 해방된 별똥별이 있다.

모든 삶은 번개를 가지고 있다.

하지만 모두가 아니라고 말한다.

- 류시화, <시로 납치하다>, 더숲, 2018 -

얼핏 보면 모든 가슴에는, 모든 영혼에는, 모든 마음에는, 그리고 모든 삶에는 객관적으로 비교해서 말할 수 있는 공통점이 있는 듯했습니다. 사람들이 살아가는 겉모습은 비슷해도 우리 인생에서 불어오는 허리케인, 별이 빛나는 바다, 별똥별, 번개의 형태는 모두 천차만별입니다.

어느 것 하나 똑같은 게 없었지요. 그래서 누가 뭐래도 인생 풀이는 개별적이며 주관식에 가까웠습니다. 내 인생 속에 담고 있는 아름다운 기억을 바라보며, 날마다 자기 자화상을 꿈꾸고 행복을 마음껏 다져가며 살아가는 게 자신들만의 행복한 인생 풀이라고 본 겁니다. 물론 객관적으로 보느냐, 또는 주관적으로 보느냐에 따라서 인생 풀이의 해석이 다르겠지만, 살아보니 인생은 사람마다 마음먹기에 달렸습니다.

행복 풀이도 마찬가지였습니다.

행복의
또
다른
이름

사람들은 뜻밖의 멋진 일을 체험하면 '기똥차다'라며 표현했습니다. 감격적인 감탄사였지요.

나태주 시인의 표현력은 감탄 그 자체였습니다. 마치 딸에게 마음을 속삭이듯이 시를 써놓았는데, 딸을 향한 아빠의 마음을 "풀꽃 냄새가 난다"는 감칠맛 나는 후각적인 감성으로 담아냈습니다.

두말하면 잔소리, 벅찬 환호성이 저절로 나오지 않습니까?

그분의 표현력에 깊이 감동을 받아서 산책길에 풀꽃 냄새를 직접 맡아 보았습니다. 무턱대고 길가에 무성하게 돋아나 있던 이름 모를 들풀을 한 움큼 뜯어서 코로 가져갔습니다. 역겹고 비릿한 냄새가 코끝을 자극했으며, 괜한 행동에 역겨움을 울컥 쏟아냈습니다.

나시인은 왜 자기 딸 냄새를 풀꽃에 비유했는지 의아했습니다. 잠시 시인의 엉뚱하고 과장된 표현인가를 고민했습니다.

하지만 어느 정도 시간이 흘러간 이후 풀꽃 냄새의 뒤끝은 풋풋함과 싱그러움이 베여 나왔습니다. 처음 냄새를 맡았을 때의 비릿한 역겨움은 사라지고, 한참 시간이 흐른 후에는 싱그러운 향취를 감출 수가 없었습니다.

딸

나태주

너를 안으면 풀꽃 냄새가 난다.
세상에 오직 하나 있는 꽃,
아무도 이름 지어주지 않는 꽃,
네게서는 나만 아는 풀꽃 냄새가 난다.

- 나태주, <가장 예쁜 생각을 너에게 주고 싶다>, 알에치코리아, 2017 -

풀꽃 냄새는 딸들을 키워본 아빠들만이 누릴 수 있는 특권이었습니다. 아무도 이름을 지어주지 않은 청초한 풀꽃들은 풋풋한 생명의 향취를 담고 있었습니다.

그래서 싱그러움이 베여 있는 풀꽃 냄새는 행복감의 절정이기도 했습니다. 나시인은 아빠의 사랑을 풀꽃에 비유해서 "네게서는 나만 아는 풀꽃 냄새가 난다"라는 독과점적인 사랑을 고백했던 것입니다.

이런 사랑의 고백은 애틋한 감정을 에둘러서 감칠맛 나게 표현한 겁니다. 그렇다고 무작정 사랑한다고 말하는 것은 너무 빈번하고 흔한 표현이니까요.

누군가를 사랑한다는 것은 그 자체만으로도 얼마나 행복할까요. 사랑은 행복과는 불가분의 관계였지요. 그렇습니다. 풀꽃은 청초하고 생명력이 넘치는 사랑의 향기를 품고 있어도, 섣부르게 다가가다간 지워지지 않는 짙은 천연색 행복 진액으로 물들 수도 있습니다. 그래서인지 한 번 물감이 베어들면 아빠의 영혼육에는 행복한 감정들이 사그라지지를 않았습니다. 이렇게 보면 풀꽃 냄새는 행복의 또 다른 이름이었습니다. 그래서 경이로운 감탄사가 저절로 베여 나왔는가 봅니다.

애
정
어
린
행
복
이
정
표

젊어서는 일본 드라마와 영화를 즐겨보았습니다. 일본 유학을 꿈꾸었지만, 일본문화를 배우기 위한 목적도 있었습니다. 시간 가는 줄도 모르고 일본 드라마를 볼 때도 있었지요. 일본은 우리나라와는 거리상으로 가까운 이웃 국가였지만, 문화적인 생활방식은 큰 차이를 보였습니다.

역사학자나 지식인들이 한국과 일본을 같은 뿌리라고 주장했던 것이 어색했습니다.

나에게 일본은 의식도, 문화도, 식습관도 전혀 다른 이방 민족처럼 느껴졌습니다. 하지만 최근에 관심을 갖게 된 일본 드라마는 무로 츠요시가 주연을 맡았던 NTV의 <딸바보 청춘백서>였습니다. 홈 코미디 성격의 드라마였는데, 주인공인 오비카 타로는 딸 사쿠라를 지키기 위해 릿세이 대학의 문학부 1학년으로 다시 입학했습니다. 이 모습을 지켜본 옆집에 살고 있던 오지랖이 넓은 마에다는 타로에게 도쿄대까지 나온 사람이 다시 릿세이 대학을 들어간 것이냐며 비웃듯이 물었습니다.

이때 타로의 고백은 솔직한 아빠의 심정을 담아놓았습니다.

> 사쿠라는 고등학교까지 여자학교에 다녔는데 릿세이 대학교는 남녀공학이잖아. 그러면 남자들이랑 섞여 있다는 것인데 너무 위험하니까 사쿠라 혼자 다니게 할 수는 없잖어. 나는 딸이 너무너무 좋아죽겠으니까.

> \- 일본 NTV 방송, <딸바보 청춘백서>, 2020 \-

타로는 딸을 사랑하는 아빠의 지나친 마음 때문이었는지, 세대를 뛰어넘어 다시 릿세이 대학을 들어갔습니다. 타로는 늙은 나이에 대학을 입학할 만큼 자기 딸을 사랑했습니다. 도쿄

대까지 나온 사람이 막무가내식의 돈키호테와도 같은 용기를 냈던 것이지요. 그 용기는 사랑하는 딸을 지키기 위한 아빠의 헌신적인 사랑이었습니다.

스스로 사랑하는 딸을 지키기 위해, 자기 인생을 희생하는 것조차 행복한 삶의 또 다른 모습으로 느껴졌습니다.

사랑하는 딸, 사쿠라를 지키기 위한 타로의 헌신적인 행동은 과잉적이었습니다. 행복은 내 삶에서 소중한 누군가를 지키려고 할 때의 과도한 용기였습니다. 이런 용기는 애정 어린 행복의 이정표이기도 했습니다. 누군가를 깊이 사랑하고 있을 때, 또는 누군가로부터 커다란 사랑을 받고 있을 때의 행복감은 거의 절정에 다다랐습니다.

서로 주고받는 헌신적인 사랑은 행복의 또 다른 이름이기도 했습니다.

예전과 비교해서 한층 재미있는 현상은 스스럼없이 딸바보라는 사실을 밝히던 아빠들입니다. 사회 곳곳에서 여성을 대하는 사회적 풍토가 바뀌고 여성 존중 의식들이 크게 자리 잡았습니다. 심한 곳은 여성 불평등보다 남성 불평등을 해결하라는 말도 심심찮게 들렸습니다.

이처럼 사회풍토라는 것은 사람들의 생각과 의식이 일정한 방향으로 흘러가는 변화 현상, 또는 새로운 문화양식을 창조하는 인간 의식의 전환 현상이기도 했습니다.

짧게나마 국민일보에 소개된 내용입니다. 낯선 제목부터 나의 지적 호기심을 자극했지요. 이것은 '빠미니즘'이라는 용어였습니다. 이 말은 '아빠와 페미니즘'의 줄임말, 또는 둘을 합쳐 부르던 융합적인 용어였지요. 나는 습관적으로 관련 내용을 스크랩했습니다. 신문내용은 남녀평등을 실천하던 아빠들의 생활상이었습니다. 가부장 제도의 권위적이었던 아빠들이 스스로 폐쇄적인 이미지를 탈피하고, 가정 내에서도 양성평등 문화를 배우고 실천하려는 자발적임 모임을 결성했습니다.

페미니즘이란 말은 영국의 메리 울스턴크래프트가 처음 사용했는데, 말의 기원은 라틴어의 페미나*femina*에서 유래했습니다. 우리나라에서도 양성평등 문화를 외치는 아빠들을 중심으로 '성미산 아빠페미'라는 자발적인 공부 모임을 결성했는데, 가정 내 성평등 문화를 적극적으로 실천하는데 큰 관심을 두었습니다.

옛말처럼 남자가 부엌에 들어가면 고추가 떨어지는 게 아니라, 이제는 사랑하는 가족들을 위해 가사 일을 분담하고 요리할 줄 아는 아빠들의 새로운 자화상입니다. 행복한 가정을 꾸리기 위한 아빠들의 문화풍토입니다.

　나도 딸바보 아빠라고 불릴 만큼 딸들 자랑에 푹 빠졌던 일이 있습니다. 여기저기 부끄러움 없이 딸 자랑하면 딸들이 쑥스러워 그만하라고 말릴 정도였지요. 이런 성향을 갖고 살아가는 아빠들은 딸바보입니다. 너무 딸들을 사랑한 나머지, 딸들 앞에서 스스로 바보가 된 아빠들의 행동 성향이었지요. 딸들 앞에서 주책없이 행동해도 부끄러운 줄 모르는 게 딸바보 아빠들의 공통분모입니다.

　다음은 내가 내건 딸바보 아빠의 정의였습니다.

　　　딸들 앞에서 어리석고 못나게 구는 아빠를 얕잡거나 비난
　　　하여 이르는 말, 또는 생각이 부족하고 어리석어 정상적으
　　　로 판단하지 못하는 아빠들

　말 그대로 딸바보 아빠는 딸들 앞에서 쩔쩔맸습니다. 딸들을 너무 사랑해서 어리석고 유치하게 구는 아빠들, 또는 딸들 앞에서 어른스럽게 판단하고 행동하지 못했습니다. 이런 모습을 뛰어넘어 배우 조우진 씨의 고백은 한 걸음 더 나아갔습니

다. 스포츠조선과의 인터뷰에서 자신의 딸 사랑을 한없이 쏟아냈습니다.

나는 딸바보를 넘어 딸바보 멍충이다.

딸들은 과분한 행복 덩어리입니다. 한동안 인터넷에는 세계적인 축구 스타 <데이비드 베컴의 딸바보 모먼트 모음>이라는 애정 어린 모습들이 떠돌았습니다. 그의 펫북에 올린 사진에는 딸 하퍼를 위해서는 어떠한 일도 못할 게 없다는 부제를 달아 놓았습니다. 베컴과 같은 세계적인 축구 스타도 딸 하퍼 앞에서는 똑같이 행복한 감정에 푹 빠져 있던 딸바보 아빠였습니다.

행복한 가정, 또는 순간들은 단순히 행운처럼 다가오거나 요령껏 구성되는 게 아닙니다. 행복한 가정은 날마다 하나둘씩 행복의 소스를 만들어가며, 이런 일들이 계속해서 쌓여가야만 이루어낼 수가 있는 일들입니다.

제3장

/

꼬물이 점탱이의 행복문화

한
류
속
의
행
복
유
전
자

문화의 전이 현상은 유전자 계승을 통해서 끊임없이 흘러갑니다. 민족적인 자긍심이 마음에 담겨 있었는지, 한류라는 말은 듣기만 해도 신이 났습니다. 너무 기분 좋은 말입니다. 그저 흥겹고 신이 났지요.

인간의 삶은 그 자체가 역사 계승이고 공유이며, 다시 다음 세대에게 전승했습니다. 역사라는 것은 세대에서 세대로 이어지는 문화 계승 활동, 또는 자세히 들여다보면 삶에서 삶으로 문화 유전자를 전승했습니다.

한류열풍을 이끄는 문화자산은 한국인의 오랜 역사적인 문화 계승에 뿌리를 두었습니다. 세대와 세대 간의 문화 유전자 계승을 통해서 만들어진 결과입니다. 하루아침에 도깨비 방망이처럼 뚝딱거리듯이 한류 문화자산이 생성되지는 않았습니다.

한국인의 독창적인 문화유산은 독특한 문화 유전자에서 비롯되었습니다. 이런 혜안을 제시한 분은 고인이 되신 이어령 교수였습니다. 아무리 걸출한 지식인이라고 해도, 한국인의 문화적인 특성을 정교하게 끄집어낼 수 있는 분은 그렇게 많지는 않았습니다.

우리는 그분을 국보급 지성인이라고 자랑스럽게 불렀습니다.

한국인은 세계인과는 달리 문화 유전자를 통하여, 자국민의 역사를 이어가는 독창적인 문화생산 능력을 지녔다며 높이 평가했습니다. 나는 그분의 이야기를 듣고 얼마나 자긍심을 높였는지 모릅니다. 이전과는 달리 서방국가의 시민도 아니고 한국인으로 태어난 것이 무척 행복했습니다. 비록 유전학 전문가로서 문화유산 전례의 생물학적인 특성을 세밀하게 입증하지는 못해도, 내 자신이 한국인으로서 매우 창조적인 문화생산 능력을 지니고 태어났다는 것이 뿌듯했습니다.

이어령 교수의 한국문화에 대한 재해석 능력, 또한 통찰력에 대해서 나만 자긍심을 느끼지는 않았을 겁니다. 더 이상 부연 설명은 불필요할지도 모릅니다. 그만큼 뛰어난 혜안을 갖고 계셨으며, 우리에게 결핍된 지식을 충족시키는 행복감을 안겨주었습니다. 그분이 쓴 책 중에서도 내 기억 속에 뚜렷이 남아 있는 것은 <축소지향의 일본인>이었습니다. 일본인의 문화적 특성에 대한 통찰력을 담아냈는데, 타민족과는 달리 무엇이든 간단하게 축소해 나가는 기능적인 문화생산 능력을 제시했습니다.

일본인은 눈과 귀로 보고 듣는 것보다 손으로 보고 느끼는 기능적인 세계관을 갖고 있으며, 서양인과 같이 추상적인 문화창조 능력보다 분해와 축소를 통한 문화 재생산 능력을 지녔습니다.

그리고 이번에는 <한국인의 이야기: 탄생 - 너 어디에서 왔니>라는 테마였습니다. 한국인의 문화생산 능력은 엄마 배 속에서부터, 앞 세대에서 가명으로 지어 불렀던 태명이 후세대에서 더욱 발전하여 새로운 문화가치로서 재창조되었습니다. 한국인의 가정문화였던 태명도 한류 문화의 중심축 선에서 꿈틀거렸습니다.

누가 뭐래도 한류 문화의 중심지는 대한민국입니다. 숱한 국가들로부터 지나칠 정도의 관심을 받고 있으며, 우리나라의 위상은 날로 높아지고 문화양식은 세계사회 곳곳으로 흘러갔습니다. 태명은 세대 간에도 전승되던 정감 있는 생활문화이지만, 우리나라의 가정문화에서 벗어나 세계사회 속으로 확산되었습니다. 한국에서 일본으로, 유럽으로, 미국으로 물감이 번져나가듯이 퍼져나갔습니다.

우리나라에서 태명을 짓는 이유는 뚜렷했습니다. 엄마 배속에서부터 다음 세대의 주축이 될 아이들의 삶을 축복하고 축원했습니다. 우리 때는 조금 천박한 표현을 써가며 '개똥이', '바둑이', '쇠똥이', '간난이'라고 불렀지만, 요즘 세대는 '사랑이', '기쁨이', '땅콩이', '행복이' 등 세련되고 애정 어린 표현들이 자리 잡았습니다. 태명도 시대에 맞게 재창조되었습니다.

태명과 관련된 다양한 예시들 중에서도 한국인과 결혼했던 일본인이 자기 아기의 태명을 '꼬물이ㄱㅁ니'라고 불렀던 일이었습니다. 꼬물이라고 발음이 안 되니, 일본어로는 '고무리'라고 표현했습니다. 한국식 표현이었습니다. 꼬물이라고 이름을 지은 것은 엄마의 배 속에서 작은 것이 꿈틀거리는 움직임을 의태어로 표현한 말이며, 배속에서 꼬물꼬물 귀엽게 자라는 모양을 나타낸 말이라고 했습니다. 한국의 스타 배우 김희선 씨는 '잭팟'이라는 이름을 붙였으며, 또 다른 태명의 형태는 '까롱이'라는 것도 있었습니다. 아내와 남편이 함께 프랑스를 여행하던 중에 남편이 생전 처음 마카롱을 먹었는데 '그 모양과 맛이 너무 귀엽고 달달해서' 생각해 낸 이름이라고 했습니다. 이외에도 재미있는 태명은 '쑥쑥이', '튼튼이', '점탱이', '뒹굴이' 등 다양했습니다.

– 이어령, <한국인의 이야기>, 파람북, 2020 –

한국인의 문화창조 능력은 경이롭습니다. 마치 부모 세대의 문화 유전자가 다음 세대로 건너갈수록 더욱 진화하는 것만 같았습니다. 태어나서 병에 걸리지 말고 건강하게 자랄 것을 축복했던 태명, 이제는 글로벌 가정의 또 다른 행복 문화가 된 것입니다.

한국인들이 일상생활에서 누렸던 가정문화 유산은 세계인

의 가정문화를 바꾸어가고 있는 또 하나의 한류 지표였습니다.

잠시 눈을 감고 까르르 웃던 어린아이들의 웃음만큼 행복한 표정이 어디에 있을까를 마음에 담아 보았습니다. 입꼬리가 살짝 올라가고 눈가에 여러 가닥의 주름이 잡힌 채 환하게 웃고 있는 미소에는 행복감이 담겼으니까요. 꼬물이 점탱이의 태명 문화는 부모에게서 자녀 세대로 문화 유전자를 타고 흘러가던 문화창조 능력 못지않게, 세계사회 속으로 행복 유전자를 함께 흘러보내는 일은 아닐까를 생각해 보았습니다.

한국인의 생활문화가 다른 나라로 흘러갈 때는 행복 유전자도 함께 흘러갔습니다.

행복을 붙잡는 변명

때때로 급진적인 사회변화가 좋은 일인지 불행한 일인지 판단하기는 힘들었습니다. 발 빠르게 적응해서 좋은 기회를 잡는 사람들도 있지만, 제대로 적응력을 발휘하지 못하는 사람들도 있었습니다.

요즘 사람들 사이에는 외로운 감정보다는 홀로 생활하는 형태가 확산되어 갔습니다. 시대적인 조류에 휩쓸려 역동적으로 불어오던 가정문화의 해체 현상이고, 조금씩 우리들의 삶 속으로 스며들던 새로운 생활방식의 전환입니다. 혼자서 살아가는 삶, 혼삶은 급박한 상황이 발생했을 때 전혀 의지할 곳이 없어 두렵지 않을까 하는 걱정부터 솟아났습니다.

나는 몇 년 전에 낯선 도시로 이사했으며, 이렇다 할 친분이나 연고가 없어 막연한 불안감에 휩싸였습니다. 그 이유는 급박한 상황이 벌어졌을 때 전혀 의지할 곳이 없었습니다. 이럴 때는 서둘러 아내의 부동산 사무실로 출근했습니다. 아침부터 아내의 시 퍼렇게 날이 선 분주한 시간을 함께 붙잡으며, 온종일 꿈틀거리던 시공간 속으로 스며 들어갔습니다.

다행인 것은 사무실에서 함께 의지하며 보냈습니다. 홀로 텅 빈 공간을 채울 때도 있었지만, 그래도 함께 앉아서 아내는 손님을 맞이하고 나는 글을 쓰며 하루하루를 보냈습니다.

할 일 없이 시간을 떼우는 것만 같아도, 같은 장소에서 생활할 수 있어 다행스러웠습니다. 하지만 집에서 홀로 글을 쓸 때는 사계절 내내 창문 너머 우두커니 서 있는 교회의 십자가를 바라보곤 했습니다. 교회 십자가는 혼탁한 세상 속으로 배를 저어가던 생명의 돛대였습니다. 어떤 세상적인 방해가 몰려와도 생명 구원을 위한 하나님의 뜻은 절대 변함이 없는 매우 강력한 절대자의 의지처럼.

그러나 바람 한 점 없는 날이면, 오늘 같은 날은 하나님도 구원 사역에서 벗어나 잠시 안식하시는 것만 같았습니다. 나뭇가지 하나 흔들리지 않는 침묵이 맴돌았습니다. 모든 게 정지된 것만 같았던 상황 앞에서 힘겹게 벗어나려고 발버둥을 쳤습니다. 하물며 하나님께서 지금 혼밥 드시러 가셨기 때문에, 세상은 침묵하고 있는 것이라며 스스로 위안을 삼았습니다.

지금 하나님도 혼밥 드시러 가신거야!
어떻게 세상이 이렇게까지 침묵할 수가 있을까?

홀로 있는 외로움을 이겨내려는 변명답지도 않는 변명이었습니다. 주변 환경이 내 감정을 자극하던 날이었습니다. 움직임이 전혀 없는 침묵의 시간, 함께 살아가는 사람들이 아무도 없었는지 미세한 인기척도 느낄 수가 없었습니다. 침묵이 침묵을 낳는 것만 같습니다. 한동안 무거운 침묵이 나를 덮쳐왔으며, 침묵은 외로운 감정을 요동치게 만들었던 원인이었습니다. 이렇게 버거운 감정에서 벗어나려면, 나는 홀로 살아가는 삶의 방식에 대해 의도적이라도 적응해야만 했습니다.

뭐, 나 혼자면 어떤가요.
이 땅에 올 때도
이 땅에서 벗어날 때도 혼자일 텐데요.

이럴 때는 하나님을 생각하면 되는데,
그분은 육 일간 일하시고
안식일은 침묵 속에서 쉬셨잖아요.

침묵이 나를 감싸고 있어도
내가 불안하거나 외로울 이유가 없잖아요.
그분은 혼자여도 행복하니까요.

외로움 속에서도 쉼을 얻은 것은
또다시 에너지를 충전하는 일이잖아요.
구원의 기쁨이 감추어져 있는 시간이잖아요.

하나님은 혼자이신데도 행복한데, 나만 굳이 외로울 이유가
없다는 변명이었습니다. 그리고 외로움은 두려움이 아니라 또
다시 삶의 에너지를 충전하며, 구원의 기쁨을 얻기 위해 감추
어져 있는 시간이라고 여겼습니다.
하나님이든 인간이든 행복은 외로움이나 슬픔을 이겨낼 때

에 찾아올 수 있는 거라며, 사람들과 함께 살아가기 위한 반대급부 현상이라며 스스로를 다독거렸습니다. 짙은 외로움이 찾아올 때에 나를 위로하거나, 다독거리는 것도 행복감을 잃어버리지 않는 좋은 방법이었습니다.

행
복
에
너
지
의
충
전

　점차 서울뿐만 아니라, 지방 도시에서도 1인 가구가 증가했습니다. 홀로 사는 외톨이 가정이었으며, 사람들은 이런 가정풍토를 혼삶이라고 불렀습니다. 혼삶을 좀 더 풀어보면 홀로 살아가고 있는 생활 형태, 즉 혼살이였습니다. 지금 서울에선 3가구 중 1가구 이상이 혼삶이었으며, 이런 삶의 형태에 대해 만족한다는 비율이 과거보다는 월등히 높아졌습니다.

　가끔 새벽에 일어날 때면 외톨이 기분을 느꼈습니다. 밤새 여기저기 악몽을 꾸다가 갑자기 깨어났습니다. 제정신이 아닌 것은 당연했습니다. 인생은 혼삶이라는 것이 참 익숙해지던 새벽녘이었습니다. 아직도 캄캄하고 외로운 기분이 전신에서 묻어났습니다. 지독히도 버거운 새벽 아침, 외로움이라는 트라우마에 대응하려는 성가신 마음을 다시 붙잡았습니다.

누구나 한두 개쯤은 불편했던 트라우마를 갖고 있겠지만, 어릴 때부터 마음 깊이 담아놓았던 다짐이 있습니다. 그것은 외로움에게 절대 굴복당하지 말고 오히려 대응하며 즐기자는 쪽입니다. 밀레니엄^{MZ}세대의 선호에 맞게 유행하는 MBTI의 성격유형 검사에서도 인간의 성향을 크게 외향성^{E}과 내향성^{I}으로 구별했습니다. 외향성은 많은 사람들과 함께 어울려야 에너지가 재충전되지만, 내향성은 홀로 쉼을 얻을 때 에너지를 충전하는 사람들입니다.

나는 뭐 따져볼 것도 없이 내향적인 인간형이었습니다. 사람들과 잘 어울리지 못했으며, 또한 처음 보는 사람들과는 마음을 터놓는 일이 거의 없었습니다. 처음 만나는 사람들과는 탁 터놓고 어울리는 것을 싫어했습니다. 최소한 친구가 되려면 몇 번은 진정한 만남을 가져야 가능했습니다. 이건 인격보다는 성격 탓입니다. 어릴 때부터 외로움을 느끼며 홀로 밥 먹는 것, 홀로 술 마시는 것, 홀로 영화 보는 것, 홀로 숙박하는 것은 매우 익숙했습니다. 이제야 사람들은 혼살이 문화라며 혼밥, 혼술, 혼영, 혼숙 등의 삶의 방식을 인정했습니다.

이제껏 내가 지켜본 사람들의 삶의 방식은 독립군입니다. 짙은 외로움을 이겨내며 자기 인생을 개척하는 의지와 인내가 필요했습니다. 그리고 끊임없이 인내심을 갖고 묵묵히 살아가도록 설계된 것이 인간의 삶입니다.

외로움은 행복의 또 다른 얼굴이라는 점, 혼삶이 다 함께 모여 살아가는 삶의 방식에 대한 행복함을 일깨우는 또 다른 계기가 될 수도 있습니다. 홀로 왔다가 홀로 가는 게 인생이듯이, 혼삶 속에서도 행복한 삶의 에너지를 충전할 수가 있어야만 합니다.

행복은 삶의 형태와는 관계없이 누구나 추구해야만 하는 참된 삶의 가치이고 의미입니다.

발
빠
른

행
복

생
태
학
의

습
성

변화하는 것은 꼭 번거로운 것은 아닙니다. 사람들은 변화가 일어나면, 이에 적응하려고 또다시 시간과 노력을 투입해야 합니다. 사회변화에 제대로 적응하려면 자기계발 노력은 절대적입니다.

이런 부류의 사람들은 사회 적응력이 빠른 생태학적 인간이라고 말 할만했습니다. 그래서 4차 산업혁명 시대에 알맞은 성공적인 삶을 위해 인공지능과 빅데이터$^{Big\ Data}$, 사물인지 능력

등 첨단과학 지식에 대한 학습이 각광 받았습니다.

하지만 사회변화 현상은 발 빠른 환경 적응력을 갖춘 사람들에게만 좋은 것은 아닙니다. 왜냐고요. 그 이치는 너무 간단했습니다. 가만히 있어도 사람들의 생각과 행동은 주변 환경 변화에 맞추어 변했습니다. 대부분의 사람들은 사회환경 변화에 예민했으며, 자연스럽게 변화에 물들어가는 순차적인 적응 능력을 갖추고 있습니다. 사람들 사이에는 적응 속도에서 다소 차이가 느껴질 뿐이지 일정한 시간이 흐르면 어떤 사회변화이든 천천히 적응했습니다.

사람들의 사회변화에 대한 적응 능력을 가장 잘 살펴볼 수 있는 것이 핸드폰입니다. 5G이니 6G이니 하는 최첨단 정보통신기술의 변화가 가장 빨리 일어나는 대상이 핸드폰입니다. 핸드폰은 최신 업그레이드 기능에 적응할 수 있는 시간적인 여유도 없이, 또 다른 첨단 핸드폰이 출시되어 세상을 휘저어 놓았습니다.

과거와 같이 사회변화에 적응하기 위해 필요한 경륜, 또는 사회적 경험이라는 것이 무색할 정도였습니다. 그만큼 제대로 적응할 시간적인 여유도 없이 변화하는 게 핸드폰의 첨단기능입니다.

　그러나 역으로 고민해 볼 필요도 있습니다. 만약 사회변화도 사람들의 변화도 없다면 어떤 모습일까라는 상상력입니다. 어쨌든 죽음이 먼저 연상되었습니다. 아무런 움직임이 없는 것, 또는 스스로 변화하지 않는 것은 모든 기능이 정지되어 버린 죽은 육체와도 같았습니다.

　그래서 변화가 없다는 것은 동요가 없다는 것, 불행이든 행복이든 느낄 수 없는 무감각한 상태일 겁니다.

　행복은 무감각한 것이 아니라, 역동적으로 변화하고 있는 첨단과학 기술의 발전 속에서도 발견할 수가 있는 미래지향적인 것입니다. 과거의 행복은 오늘의 행복과 일치하지 않으며, 오늘의 행복은 내일의 행복과도 일치하지는 않는 환경 적응력을 갖고 있습니다.

　이런 의문은 내가 더욱 행복하기 위해서는 시대변화에 빠르게 적응할 수 있어야 하고, 다가올 미래사회에서도 적극적으로 활용할 수 있는 행복 수단을 쫓아가야만 했습니다.

　가족들이 보고 싶거나, 친구가 보고 싶을 때 핸드폰을 켜고 영상통화를 신청하면 쉽게 만날 수가 있습니다. 그 순간에 우리는 거리감을 극복하고 보고 싶은 사람들과 애틋한 만남을 가졌습니다. 과거에는 불가능했던 일이 현실에서는 가능해졌습니다.

그래서 우리가 행복하려면 행복을 쉽게 만들어낼 수 있는 적정 수단을 활용해야만 합니다. 행복한 삶을 살아가려면 첨단 정보통신기술을 익혀야만 하듯이, 발 빠른 생태학적 행복 능력을 키워낼 필요가 있습니다. 내가 행복을 추구할 때에 필요한 다양한 행복 수단을 정착할 수 있어야만 했습니다.

제4장

/

행복한 삶의 비결

행
복
을

위
한

인
생

다
짐

갑자기 어른이 되었습니다. 어릴 때는 빨리 커서 어른이 되고 싶었는데, 그 시간은 급하게 흘러갔습니다. 한때는 성인이 되고 싶은 기대감이 훨씬 컸는데, 나이를 먹을 만큼 먹고 났더니 지나간 세월이 서운하기만 했습니다.

돌아보면 젊음의 시기는 순식간에 지나갔으며, 노후를 걱정하는 서글픈 현실이 눈앞에 펼쳐졌습니다. 지난 세월 속에는 얻은 것도 잃어버린 것도 함께 뒤섞여 있었습니다. 유년기의 동심은 거의 소진해버렸고 노화된 육신은 여기저기 얄궂게 고장을 일으켰습니다. 이제까지 먹고 살아온 만큼 육체적인 빈자리는 너무 컸습니다.

나이를 먹고 어른이 된다는 것은
나의 유년기 추억을,
점점 동심의 세계를 잃어가는 일이었습니다.

세상일에 붙들려
하루하루 연명하듯이 살아가다 보면
어느 날 문득 머리카락은 하얗게 변색되어 있고
곳곳에 자국을 남기며 빠져나간 텅 빈 세월

내 인생에도 덧없이 흘러간 세월이
한없이 넓은 공터로 자리를 잡았습니다.

살아온 만큼
빠져버린 빈자리는 더욱 크기만 했습니다.

세월 속의 빈자리는 누구나 느끼는 흔적입니다. 그런데 행복 수준만큼은 어릴 때보다는 훨씬 높았습니다. 세월은 한껏 잃어버린 것만 같았는데, 다행히도 그 속에는 살아온 삶의 추억들이 뒤섞여 여유를 만들어냈습니다.

끊임없이 추구했던 세상 욕망을 내려놓은 만큼 행복감이 자리 잡았습니다. 흘러간 세월만큼 추억들이 싹트고 부정적인 감정들은 점차 사라졌습니다. 어떤 날에는 살아온 세월을 돌이켜보면 감사와 겸손이 입가에서 저절로 흘러나왔습니다.

덩그러니 흔적만 남아 있는 세월은 그 자체가 은혜라는 생각이 들었습니다. 내 힘으로 산 것이 아니라, 보이지 않는 전능자의 손에 붙들린 삶의 여정이었습니다. 나 홀로 묵묵히 세월을 이겨내며 독불장군처럼 살아온 것은 아니라는 말입니다.

그래서일까요. 한 번이라도 더 미소 짓고 더 웃으며 더 행복하게 살아야만 하겠다며 다짐했습니다.

행
복
을

발
견
하
는

삶

흔들거리기 일쑤였습니다. 해마다 새로운 다짐을 하고 부정적인 감정은 송두리째 벗어내려고 해도 되살아났습니다. 사람이니까요. 나쁜 것들을 털어내는 일도 억지로 되는 것은 아닐 겁니다. 어떤 분들은 좋은 기억은 남기고 나쁜 기억은 잊어버리는 게 합당한 선택이라고 말합니다.

그러나 그 일들이 생각만큼 쉬운가요. 오히려 좋은 기억은 쉽게 사라지고, 나쁜 기억은 오랫동안 고개를 쳐들고 나를 괴롭혔습니다. 빨리 잊어버리고 싶은데 마음에 떠 있던 부유물들은 쉽게 가라앉지를 않았습니다.

이런 심리 현상을 보며 심리학자들은 그때그때의 기억들이 마음 깊이 떠오르는 것은 사건의 충격 여파 때문이라며 주장했습니다. 강도 높은 지진 현상과도 같이 충격 여파가 클수록 흔적은 오래 남았습니다. 충격이 클수록 후유증은 크게 다가왔습니다. 내 기억 속에서도, 성장기의 거칠었던 내적 갈등은 뚜렷하게 남아 있습니다. 성장기의 인생은 스스로 경멸하고 저주할 정도였으니, 결코 행복과는 거리가 멀었습니다.

나는 결코 행복하지는 못할 거야.
행복은 나와는 별개의 세상인 거야!

스스로 행복과는 거리감을 두었습니다. 인생은 죽음을 향해 한 걸음씩 다가서는 숨 막히던 과정일 뿐이었습니다. 이런 절망적인 태도는 비관주의라고 불렀습니다. 자기 삶에서 희망과 행복을 잃어버린 지독한 염세주의자였습니다.

그러나 암흑기와도 같았던 성장기의 시선 속에서도 순간순간 동심의 세계가 떠올랐습니다. 마치 제롬 데이비드 챌린저가

1951년에 쓴 <호밀밭의 파수꾼>에 나오던 홀든 콜필트의 절망적인 고백과도 비슷했습니다. 성장기의 삶은 '좌절과 만취', '절망', '역겨움' 등 반감적인 용어들로 가득 찼습니다.

자학적인 용어들이 난무했습니다.

소설 내용은 금수저 출신의 홀든이 성적 부진으로 펜시고등학교의 모든 시험과목에서 낙제를 받고 퇴학당한 후에 벌어졌던 가출 사건이었습니다. 소설 배경은 도시 개발기의 뉴욕시였습니다. 홀든은 뉴욕으로 떠났으며, 그곳에서 아이들이 놀고 있던 호밀밭 속의 자신을 상상했습니다. 상상 속 호밀밭 가에는 위험한 절벽이 놓여있었습니다.

홀든은 호밀밭에서 놀고 있던 아이들이 절벽 밑으로 떨어지지 않도록 파수꾼이 되어 도와주려고 했습니다.

소설은 사회에서 순수성을 잃어가는 아이들의 심리적인 갈등 세계를 묘사했습니다. 자아를 형성할 시기에 경험했던 사회 심리적 갈등과 반목들이 펼쳐졌으며, 이때 마주했던 성공한 사람들은 모두 위선자나 가짜처럼 여겼습니다. 그 당시 성공적인 가치 척도는 좋은 집과 차, 많은 돈, 아름다운 여자와의 안락한 삶과 같은 것이었습니다.

순수성을 잃어버린 삶, 또는 무참히 동심의 세계가 파괴되고 나서야 반대급부로 얻을 수 있는 것이 세상적인 성공이었습니다.

소설을 읽고 나면 탐욕을 채우려고만 하던 사회적인 성공은 과연 행복한 일인가에 대한 의문이 솟아났습니다. 그렇습니다. 무작정 사람들은 기억의 연어가 되어 잃어버린 동심의 세계를 찾아 나설 때가 있습니다. 결국 동심의 세계와 생존의 세계가 마주 보고 서 있던 성장기의 갈등 지점에 이릅니다. 사회적인 성공만이 행복의 지름길인 줄 알고 부와 명예와 권력을 쫓아서 절벽 밑으로 굴러갔습니다. 세상적인 성공을 붙잡으려고 낭떠러지를 향해 맹목적으로 굴러가던 어리석은 돌덩어리와도 같았습니다.

하지만 나는 다행스럽게도 크리스천인 어머니가 옆에 계셨습니다. 매번 부와 권력만이 행복의 지름길인 양 착각하며 쫓아가던 나에게 불편했던 조언을 들려주었습니다. 세상적인 욕심에 취해 있던 나에게, 너무 과한 욕심을 내지 말고 행복하게만 살라며 성가신 조언을 귓가에 쏟아부었습니다.

> 어머니는 내 이기심의 귓가에 대고
> 세상 욕심을 내려놓고 행복하게 살라며
> 듣기 싫은 조언을 자꾸만 쏟아부었습니다.

돌이켜보면, 행복한 삶이 세상적인 성공에 달려 있었다면 이 글조차도 쓸 수가 없었을 겁니다. 여전히 사회 내에서 성공만을 붙잡기 위해 쫓고 쫓는 경쟁 관계를 숭배했을 겁니다. 오로지 부자 신드롬에 사로잡혀 일확천금을 꿈꾸던 허황된 삶을 추구했을 겁니다.

잠시라도 더 행복해지려고 마음을 가꾸며, 좋은 감정과 생각을 내 삶 속으로 끌어들이려는 노력을 기울이지는 않았을 겁니다.

행복한 인생 여정은 거저 얻어지는 게 아닙니다. 자주 마음밭에 행복의 씨앗을 뿌리고 가꾸어야만 합니다. 행복은 나를 둘러싸고 있는 모든 곳에서, 내가 찾기만 하면 언제라도 다가올 수는 지근거리에 있습니다. 결코 멀리 있는 게 아닙니다. 장

지오노가 쓴 "행복사냥꾼"이라는 에세이*essay*에서 말하듯이, 우리 모두는 행복을 찾아서 길을 떠난 사냥꾼입니다.

그렇습니다. 우리의 삶 곳곳에 감추어져 있는 행복이라는 보물덩어리를 발견해야만 합니다. 사냥꾼과 같이 면밀하게 주변 상황을 살펴보며, 과거에는 미처 몰랐던 행복이라는 삶의 의미를 발견해야 합니다. 에밀리 샤틀레의 글처럼 행복은 내 안에 있습니다. 하지만 우리는 행복을 기대하지만, 깊이 있게 생각하고 실천에 옮기지 않는 겉핥기의 수준일 뿐입니다.

포근했던 행복의 기억

한때 지구라는 곳에서의 삶은 감옥 행성이라고 여겼습니다. 에덴동산에서 선악과를 따먹고 추방당한 죄인들이 잉태와 출산이라는 복제과정을 걸쳐 죄인의 신분으로 태어나도록 프로그래밍화 되어 있는 곳이 지구인의 삶이라고 생각했습니다.

또한 육신은 자유로 와야 할 우리 영혼을 다시 한번 가두고 있는 물리적인 감옥 구조였습니다.

우리는 이중 철장에 갇혀 원죄의 댓가를 아낌없이 치루고 있는 신세였습니다.

이런 생각을 갖게 된 것은 춘천교도소에서 학사고시반을 가르쳤던 수업 때문입니다. 그때 학생들을 만나려면 이중삼중의 철망을 열고 들어가야만 했습니다. 이런 철망은 사람들의 물리적인 활동 영역을 제한했습니다.

이렇게 생각하니, 자유로와야 할 나의 영혼은 지구라는 시공간 속에 한번, 그리고 육체라는 물리적인 공간 속에 다시 한번 감금되어 있었습니다.

지구인의 삶이란 이중 철망에 갇힌 감옥생활과도 같다는 것이 나의 정의였습니다. 하지만 이런 지구인의 생활 속에서도, 한동안 잃어버린 기억을 찾아 시간여행을 떠날 수가 있었습니다.

내 생애에서 행복했던 첫 순간을 떠올려보기 위한 기억 여행이었습니다. 기억의 연어가 되어 세월의 강을 거슬러 올라가는 일은 자유였습니다. 반세기 이상의 오랜 세월이 흘러갔어도, 아직도 일부 기억들은 둥지를 틀고 따끈따끈한 흔적을 남겨 놓았습니다. 무척 신기했습니다.

그곳에는 유년기의 잔상들이 사라지지 않고 작은 불씨가 되어 꿈틀거렸습니다. 나의 기억은 지구라는 시공간과 물리적인 육체 속에서 오십 년 이상 갇혀 있어도, 작은 실오라기 같은 따듯함을 품고 내 삶 속에서 실핏줄같이 흘러갔습니다. 따듯한 기억의 핏줄기가 계속해서 혈관을 타고 돌며, 그 속에서 행복했던 첫 기억을 간직하고 있었습니다.

역시, 행복의 첫 매듭은 어머니였습니다. 초등학교 입학 전부터 꿀밤을 맞아가며, 한글을 한 글자씩 깨우치던 사랑의 굴레였습니다. 철없던 시절, 한없이 개구쟁이였던 나를 붙잡고 조용히 한글을 가르치시던 어머니였습니다. 내 생애의 첫 선생님은 어머니였습니다.

나는 한글을 한자씩 배우고 깨우치던 일이 신기하게만 느껴졌습니다. 내가 말하는 것과 글자로 표현하는 것이 똑같이 작동할 수 있다는 것에 새삼스레 신선한 충격을 받았습니다. 글자를 배우고 깨우치던 놀라운 인생 사건이었는데, 그 기억 속에는 어머니의 따뜻한 정감이 담겨 있었습니다.

생애의 행복했던 첫 기억은 생각뿐만이 아니라, 포근한 감정도 함께 남아 있었습니다. 다행스러웠습니다. 하지만 그 이전의 행복했던 기억들은 전혀 떠오르지를 않았습니다. 아무리 생각을 집중해서 과거의 과거로 시대를 뛰어넘어 돌아가고 싶었는데, 행복했던 감정을 껴안고 있는 기억의 한계지점은 초등학교 입학 전의 한글 교육 시간이었습니다.

왜 더 이상 기억나지 않았던 것일까요. 장막과도 같은 붉은 벽돌들이 기억을 가로막고 있는 듯했습니다. 마치 유년기의 행복했던 기억을 되살려내지 못하도록 거대한 장벽들이 가로막았습니다. 특별한 이유가 있는 듯했습니다.

더 이상 기억나지 못한 것도
가까운 시간대의 기억을 잊어버린 것도
오랜 유년기의 기억이 겨우 한 가닥 살아 숨 쉬는 것도
내 삶에서는 특별한 이유가 있겠지요.

내가 생각해 낸 행복한 생애의 첫 기억은 어머니의 따뜻하고 섬세한 가르침이라는 게 다행스러웠습니다. 왜 지금도 행복했던 생애의 첫 기억은 한 장의 사진처럼 내 기억 속에 남아 있는 걸까요. 그 이유는 나를 향한 어머니의 깊은 사랑이 내게로 흠뻑 젖어 들던 행복감 때문일 겁니다.

행복, 그것은 누군가 사랑을 받거나 사랑을 베풀 때에 주고받던 포근한 감정이었습니다. 포근한 감정이 기억의 저변으로 흘러가던 유년기의 추억은 따뜻하고 행복했습니다. 행복한 기억을 쌓아가는 일만큼은 지구라는 감옥 행성에서 우리가 누릴 수 있는 최상의 목적이라는 것, 행복은 사랑을 전제로 할 때에 지구인들을 더욱 포근하게 만들던 감정 상태였습니다.

행
복
도
미
노
효
과

　내게 엄청난 행복을 안겨준 것은 사람들입니다. 내게 엄청난 스트레스를 안겨준 것도 사람들입니다. 행복과 불행은 인간관계의 속성이고 산물이기도 했습니다.

　삶의 체적이 늘어나면 머리 아픈 일들, 또는 온갖 스트레스에 시달렸던 일들은 쉽게 잊으려고 했습니다. 나쁜 일은 빨리 잊어버리는 게 좋겠다며, 미친 듯이 잊으려고 몸부림을 쳤습니다. 남아 있는 삶을 행복하게 살려면 어쩔 수 없는 선택이었습니다.

　　사람과 사람 사이에서
　　어디 불행했던 일들을 잊어버리기가 말처럼 쉽던가요.
　　기쁜 일은 쉽게 잊어도 억울한 일은 평생 갑니다.

　　요즘 사람들과의 관계를 이어주는 대세는 사회적 관계, 또는 네트워크입니다. 네트워크는 관계망*relation net*이지만 서로 관심을 갖고 연결된 무리입니다. 사람들은 눈에 보이든 보이지 않든 다양한 연결고리를 갖고 있으며, 이것을 체계적으로 엮어 놓은 것이 네트워크입니다. 한자를 사용해서 풀어보면 사람과 사람 사이를 뜻하는 연결고리였습니다.

　　잠시 생각해 보면 나와 연결된 사람들과의 관계망은 다양하고 복잡했습니다. 사회는 관계망을 통해 숱한 사람들과 새로운 인연을 엮어냈으며, 때론 기존 인맥들과는 지속적인 역할 책임을 불러왔습니다. 사회는 함께 살아가는 인생 공동체입니다. 좋은 인연과 추억은 네트워크라는 사람과 사람 사이의 연결망 속에서 일어났으며, 기쁜 일이든 슬픈 일이든 불가피한 현상이었습니다.

모든 것을 내려놓고 그저 평온한 마음 상태를 유지하고 싶은데, 그건 내 뜻대로 잘되지를 않았습니다. 김행숙 시인의 "버리지 못한다"라는 시詩의 일부분처럼, 우리는 기쁜 일이든 슬픈 일이든 쉽게 잊어버릴 수는 없었습니다. 좋은 일이든 나쁜 일이든 사람과 사람 사이에선 가슴에서 가슴으로 이어졌습니다. 그래서 사람들과의 인연은 소홀히 취급하거나 버릴 수 있는 게 아닙니다.

> 오늘이 끝인 양 마침표 찍고
> 내일부터 새 목숨 살아갈 순 없지
> 유유한 강물로 흐르면서
> 가슴에서 가슴으로 이어가는 것
>
> 지난날은 함부로 버릴 수 없는 것
> 한 번 맺은 인연도 끊을 수 없는 거란다.
>
> - 김행숙, <멀고 먼 숲>, 책만드는집, 2014 -

사람과의 인연은 오늘이 끝인 양 마침표를 찍고 살아갈 수는 없었습니다. 아무리 보잘 것 없어도, 한 번 맺은 인연은 쉽게 끊을 수가 없습니다. 그 인연 속에는 깊은 사연이 오롯이 담겨 있으며, 주로 내 인생 이야기들이 베여 있었습니다. 조르디 쿠아드 박의 <행복한 사람들은 무엇이 다른가>에서 말하고 있듯이, 행복한 인연은 인플루엔자의 감기처럼 사람에게서 사람으로 감염되는 전이효과가 있었습니다. 행복은 사람과 사람 사이에서 연쇄반응을 일으키는 전염효과가 있기에, 지리적으로 가까운 친구뿐만 아니라 친구의 친구에게도 좋은 영향력을 끼쳤습니다.

그래서 사회 네트워크는 사람과 사람 사이의 연결고리를 통해서 행복의 연쇄반응 효과를 내재하고 있는 겁니다. 사람과 사람 사이를 유유히 흘러가며, 행복은 또 다른 행복을 연이어 낳고 있는 도미노였습니다.

밥
벌
이

행
복

수
준

　자본주의라는 말, 사실 듣기만 해도 머리가 찌근거릴 정도였습니다. 학창 시절부터 머리 아프게 듣고 또 들었던 말은 자본주의였습니다. 조금 학식 있게 말해서 자본주의가 경제활동 방식이지, 말 그대로는 돈벌이였습니다. 돈벌이를 잘하는 게 행복의 척도인 양, 부자가 되고 싶은 이기심을 충족하는 게 인생 목적인 양 각색해 놓았던 거지요.

돈벌이 수준에 따라서 빈부의 격차라는 사회계층을 형성시켰습니다. 교육도 마찬가지였구요.

그런 까닭이었는지, 이런 말을 듣게 되면 늘 머릿속에서는 한 가지 의문이 떠나지를 않았습니다.

도대체 얼마를 벌어야만 행복할까?

반드시 생계유지를 위해 벌어야만 하는 밥벌이 수준 말입니다. 이 정도까지만 밥벌이를 충실히 수행하면 괜찮다는 식의 사회적인 기준 자체가 없으니 답답할 노릇입니다.

그래도 오늘날에는 직장인들 사이에 소확행小確幸이나 워라벨*work-life balance*이라는 삶의 기대 욕구가 부풀어 올랐습니다. 요즘 젊은 세대들은 밥벌이를 구할 때도 일과 개인의 삶을 동시에 보장하는 일터를 선호했습니다. 이런 경향은 무작정 돈벌이에만 매몰되어 직장을 선택하지는 않겠다는 직업의식의 변화입니다.

그래도 여전히 돈과는 동떨어져 온전한 행복을 누릴 수 있는가에 대해서는 의문이 듭니다. 돈이 행복의 절대조건은 아니어도 충분조건은 될 수 있습니다. 이에 대해서는 백세 철학자인 김형석 교수의 <백년을 살아보니>에서 지혜를 얻었습니다.

> 경제는 중산층에 머물면서 정신적으로는 상위층에 속하는
> 사람이 행복하며, 사회에도 기여하게 된다.
>
> – 김형석, <백년을 살아보니>, Denstory, 2016 –

백 년을 살아온 인생 경륜에서 우러나온 말이었지요. 우리가 행복하려면 경제활동 수준은 중산층이어야 하며, 정신 수준은 상위층에 머물러야 했습니다. 최근 증권사 발표에 따르면, 우리나라 중산층의 경제활동 수준은 월평균 622만 원의 소득과 순자산 7억 7000만 원의 소유, 매월 소비활동은 395만 원 수준입니다. 대략 10억 이내의 자산소득을 갖고 있으면 행복한 밥벌이 수준이라고 여길만했습니다.

하지만 보다 중요한 점은 정신적으로 상위계층에 머물러야만 했고요. 경제적인 조건보다 훨씬 더 어려운 것이 정신적으로 상위층에 포함되는 일이었지요. 돈이야 미친 듯이 벌거나 부모에게 물려받아서 양적으로 10억을 보유한 자산가가 되었어도, 자신의 정신세계를 상위층으로 끌어올리는 것은 꾸준한 노

력 없이는 불가능했거든요. 그분이 백 년을 살며, 우리에게 들려주고 싶은 행복 교훈은 일과 삶에 대한 진정한 깨우침일 겁니다. 스스로 워라벨의 균형점을 찾아가는 삶의 지혜를 강조했던 거죠.

그래야 백 세까지 건강하게 생명력을 이어가며 충분히 행복할 수가 있을 테니까요. 아무렇게 사는 것이 아니라, 주어진 생애 동안에 행복하게 살려면 그래도 최선의 노력이 필요했을 겁니다. 최소한 평온하고 행복한 삶의 노선을 찾아가는 지각력은 갖추어야만 했을 테니까요.

행복 바이블

어머니의 마음이
내겐 생명의 빛이 되어
함께 머물고 있다는 것이

오늘을 살아가는
행복 바이블이라는 것을
한껏 느끼던 그런 날입니다.

Part 2

배워야 할

행복

제5장

행복을 배우는 일

잘난 행복 못난 행복

세상은 알 수 없는 일들로 가득했습니다. 가수 신신애씨는 "세상은 요지경"이란 흥겨운 대중가요를 불렀습니다. 노래 가사는 슬픈 곡인데도, 신바람 나는 역설적인 메들리였습니다. 가만히 듣고 있으면 입속에서 돌림노래처럼 흥얼거렸습니다. 조금 더 빠져들면 물씬 마음에 와 닿던 구절이 있습니다. 바로 여기지요.

잘난 사람은 잘난 대로 살고
못난 사람은 못난 대로 살고
"
"
여기도 짜가 저기도 짜가
짜가가 판친다.

– 신신애, "세상은 요지경" 中에서 발췌 –

세상은 다양한 인생 캐릭터들, 또는 다양한 직업군들이 다양한 이야기를 쏟아냈습니다. 이런 세상사는 다사다난한 것은 기본이며, 온갖 짜가들이 판치고 주름잡는 곳이었지요. 별의별 짝퉁 캐릭터들이 모여 뒷이야기를 생성시키며 살아가는 곳입니다.

노래 제목부터 웃긴 짬뽕 같았지만, 끝까지 듣고 있으면 흥겨운 듯이 서글픔에 잠겼습니다.

그리고 어떻게 살아야만 할 것인가에 대한 깊은 고민을 불러냈습니다. 아무리 제멋대로 사는 게 세상이라고 해도 행복한 삶을 포기할 수는 없었지요. 그야말로 세상 사는 모습은 신바람 나는 멜로디를 타고 흘러가던 요지경 속이었습니다.

하지만 끝내 서글펐습니다. 인생 칠팔 십이 쏜살같이 지나간다며 정신 차리고 살라며 당부합니다. 그렇지 않으면 청춘남녀가 시도 때도 없이 싱글벙글거리거나, 점잖게 체면을 차려야 할 영감 할멈도 제정신이 아니었습니다. 짜가의 삶을 살아보지 않으려면 똑바로 정신을 차려야만 했습니다. 그리고 나이를 먹고 난 이후에야 철이 없었던 인생, 짝퉁의 삶에 대한 후회가 일어났습니다. 제대로 살아내지 못했던 삶의 결과는 여기저기 후회되는 일들을 남겨놓았으며, 이런 삶을 계속해서 살다 보면 삶에 대한 자신감은 없어도 이런 고백이 쏟아집니다.

내 인생이 조금 틀리면 뭐 어때서요.
한 번뿐인 인생을 살아가는 나에겐
오히려 서툰 미완의 인생이 정답일 겁니다.

전혀 눈앞의 인생을 살아보지 못한 내가
처음 겪는 일들 속에서
실수하거나 실패하는 게 맞는 겁니다.

인생은 실수투성이라는 것에 동감합니다. 한 번 밖에 못사는 짝퉁 인생은 매번 오류와 실수가 넘쳐나는데도, 완벽한 삶을 추구하기 위해 온갖 노력을 쏟아붓습니다. 그러다가도 치열한 삶의 과정 속에 매몰되어 자기 자신을 학대하거나 비관하는 경우가 태반입니다. 이런 모습으로 행복한 삶을 살아갈 수는 있을까 하는 반문이 들 정도입니다.

나름대로 좋은 것은 가까이하고 나쁜 것은 멀리하며 자기 기준을 갖고 살아왔죠. 좋은 것과 나쁜 것을 분별하며 사는 게 눈에 보이지 않는 행복의 원리라고 굳게 믿었으니까요. 하지만 내가 추구했던 삶의 과정과 결과가 짝퉁 같아도 나를 다독거려야만 했습니다. 잘났어도 행복 못났어도 행복이라며 넉넉한 감정의 양을 채워야만 했습니다.

중장기적인 행복 프로젝트

인생은 행복 프로젝트입니다. 세상에서 첫걸음을 내딛던 날부터, 생애의 마지막 순간까지도 연령별, 단계별 행복 프로젝트를 실천해야 합니다. 어려서는 부모님의 도움을 받았어도 커서는 홀로 실천해야 합니다. 행복도 인생과 맞물려서 함께 추진해야 할 프로젝트입니다.

우리가 가장 두려웠던 순간은 첫걸음을 떼려고 발걸음을 내딛던 순간입니다. 처음 먹고살려고 밥벌이를 시작할 때에도 숨

한 고민에 휩싸였습니다. 그 순간도 힘들었지만, 제대로 먹고 살기 위해 어디를 향해 어떻게 걸어가야만 할지를 몰랐습니다. 전혀 사전경험이 없었습니다.

그때에는 일이냐 행복이냐를 놓고 균형적인 삶을 살아야만 한다는 생각 조차 못했습니다. 하지만 무턱대고 첫걸음을 내딛으면 그 결과는 커다란 궤적을 그릴 것만 같았습니다. 막연했지요.

첫걸음만큼은 신중하게 선택하려고 했는데, 어디에 발을 딛어야만 할 것인지를 몰랐습니다. 예를 들어 제주도 여행을 가려고 인천에서 여객선을 탔는데, 첫걸음을 잘못 잡으면 각도가 비뚤어져 태평양으로 흘러갈 수도 있었습니다. 조금만 각도 차이가 나도 최종목적지와는 전혀 다른 길에서 방황할 수도 있었습니다.

나는 첫걸음을 딛기 위해 고민했던 기간이 있었습니다. 군軍 생활을 마치고 제대할 시점이었습니다. 잠시 외출을 나갔다가 부대로 복귀할 때였죠. 떨어지는 낙엽도 피해 가라던 말년 병장 시절이었습니다. 군부대가 위치한 지역은 한적해서 도로에는 지나가던 차들이 많지가 않았습니다. 제시간에 부대 복귀하려면 지나가던 차를 히치하이킹*hitchhiking*해야만 했습니다.

그날따라 운이 좋아서 복귀하던 부대 방향으로 지나가는 차를 세웠지요. 어디까지 가느냐고 물어본 후 목적지까지 태워 줄 것을 부탁했습니다. 운전하시던 분은 나이가 그리 많지는 않았습니다. 삼십 대 후반처럼 보였습니다.

나는 오케이 승낙이 떨어지자 재빨리 운전사 옆자리에 올라탔습니다. 함께 동승했던 시간이 조금 지나자, 운전하던 분은 사회생활 이야기를 꺼냈습니다. 내겐 지겹기만 했던 군 생활이 사회생활보다 훨씬 더 좋았다는 겁니다. 제대를 앞둔 내게는 이상한 궤변 같았지만, 그때 자신의 인생을 통해서 체득했던 삶의 교훈을 들려주었습니다.

> 사회생활에서 첫발을 내딛는 것은 매우 중요해요.
> 젊은 사람들은 첫발을 성급하게 내딛는 경우가 있는데,
> 곧바로 후회를 불러오는 경우가 많잖아요.
> 신중하게 결정해서 첫발을 내딛어야만 해요
> 그 첫발이 사람들의 일생을 좌우하는 영향력이 크거든요.

지금 생각해도 좋은 분이었죠. 생면부지인 그분의 말씀은 한동안 내 가슴에 햇불처럼 남아 있었습니다. 그리고 나는 사

회 초년생의 첫걸음이 불안해도 행복하게 살려면 중장기적인 방향성을 잃지 말자고 다짐했습니다. 인생 문제는 중장기적인 관점에서 충분히 고민하면 어긋나지 않을 것만 같았습니다.

행복도 마찬가지였습니다.

내
안
의
행
복
바
이
블

내 인생에서 가장 큰 영향력을 끼친 사람은 누구일까요. 두 말할 것도 없이 어머니입니다. 늘 가슴이 아린 것은 어머니와 나의 삶은 밀착된 불가분의 관계입니다. 잠시 그분을 생각하면 무엇부터 떠오르는가요.

나는 돋보기를 곱게 쓰고 성경을 읽고 계신 고운 자태가 크게 자리를 잡았습니다. 내 기억에는 유년기에 한글을 그분에게서 배웠고 가치관 형성에도 크게 영향력을 끼쳤습니다. 힘들게 생계를 유지하셨던 어머니의 삶은 내겐 인생 바이블과도 같았습니다. 하루하루 힘든 헌신을 통해서 자녀들을 양육하며 지켜냈던 은혜의 삶이었습니다.

그리고 노년에는 크리스천으로 행복한 삶을 유지하기 위해 애쓰셨습니다. 어렵고 힘든 인생 여정에서도 행복한 모습을 잃지 않으려고 노력했습니다. 나는 일정 기간 고용노동부 산하기관에서 비정규직 연구원으로 생활했습니다. 내가 직접 만났던 숱한 지식인 중에는 인생 선배로서 존경할만한 사람을 만나보지를 못했습니다.

하지만 내 어머니는 초등학교 학력 수준밖에 안 되어도 세상 욕심을 내려놓고 마음을 다해 신앙생활을 추구하라며 매번 권고했습니다. 가끔 어머니는 서툰 자기 자랑을 뽐내기도 하지만, 그분의 마음에는 내 것을 다른 사람들과 나누려는 마음이 더욱 빛났습니다. 어머니를 생각할 때마다 다가오던 고백입니다.

어머니는 내게 빛이 되어 함께 머물렀습니다.
오랜 세월이 흘러가도

깊은 흔적으로 남아 있던 행복 바이블이었습니다.

당신을 생각하면 지금도 무척 행복합니다.

사랑하는 나의 어머니!

평생 행복을 느끼지 못하는 사람들도 있습니다. 비록 경제적으로 부유한 삶은 아니어도, 어머니를 통해서 행복하게 사는 법을 배웠습니다. 내겐 따뜻한 행복 바이블입니다.

유치환 선생님의 시 "행복"은 이런 마음을 입증했습니다.

사랑하는 것은

사랑을 받느니보다 행복하느니라

오늘도 나는 너에게 편지를 쓰나니

– 유치환, "행복" 中에서 발췌 –

어머니의 사랑을 새겨보는 일도, 유치환 선생님의 시를 마음에 담아 보는 일도 모두 행복 바이블입니다. 행복은 사람들의 삶 속에서 한 편의 사랑이 되고 시가 되어 그들의 인생 물줄기를 타고 흘러갔습니다. 우리에겐 마음으로 함께 채울 수 있는 행복 자산이 있습니다. 그건 사랑입니다. 서로 아낌없이 사랑하고 사랑받을 때의 행복감입니다.

내 어머니는 사랑이 행복의 자산이라는 것을 때마다 가르치셨습니다. 내겐 그분의 마음이 행복 바이블입니다.

행
복
을 다
듬
는 일

행복에 대해서는 얼마나 알고 있나요. 사랑에 대해서는 얼마나 알고 있나요. 나는 끊임없이 행복을 뒤쫓으며, 끝없이 사랑을 갈망해도 그 본질에 대하여 제대로 고민했던 적이 없었습니다. 그저 둘 다 우연히 주어지는 것, 또는 한순간의 행운 쯤으로 받아들였습니다. 일종의 반사적인 효과처럼 말입니다. 또한 나의 말초신경을 자극하던 쾌락적인 일들이 행복일 것이며 단정 지었습니다.

하지만 미국 작가인 엘리자베스 스튜어트 펠프스*Elizabeth Stuart Phelps*는 행복이란 인격처럼 계발되고 다듬어져야 한다고 주장했습니다. 이런 관점에서 생각하면, 행복은 내가 만들어내고 키워내야 하는 일입니다. 매일매일 좋은 습관과 인격을 길들이며, 마음을 즐겁게 가꾸는 일은 스스로 행복 노선을 개발하는 것이지요. 그렇게 실천하면 개신교 목사인 노먼 빈센트 필처럼 우리 삶은 영원한 축제의 장이 될 것입니다.

행복은 스스로 배우고 깨우치는 일입니다. 그러나 우리는 행복의 문을 굳게 닫아놓은 채, 생존경쟁의 세상 문만을 힘껏 열어놓습니다. 매일매일 치열한 생존경쟁을 위해 온갖 마음을 쏟아부으며, 제대로 일이 풀리지 않으면 자신의 삶이 불행하다며 세상을 탓합니다. 행복의 문을 열어볼 생각조차 못했습니다.

매 순간 행복한 삶을 추구해도, 구체적으로 행복이 무엇인지를 모르는 사람들이 태반입니다. 마틴 루터 킹*Martin Luther King Jr* 목사님은 각박한 생존경쟁 속에서 눈과 귀를 막아놓고 살아가는 우리에게 귀한 교훈을 일깨웠습니다.

인생은 경주가 아니야
누가 1등으로 들어오느냐로
성공을 따지는 경기가 아니지

내가 얼마나 의미 있고
행복한 시간을 보냈느냐가
바로 인생의 성공 열쇠란다.

- 마틴 루터 킹, "어록" 中에서 발췌 -

　결코 행복은 치열한 생존경쟁의 세계는 아닙니다. 비교우위의 삶의 목적을 추구하는 것이 아니라, 내가 궁극적으로 살아가는 방향이고 과정이며 의미입니다. 오직 사회적인 성공만을 거두기 위해 다투는 치열한 경쟁 관계는 아닙니다. 자신을 잘 경영하는 것, 또는 자기 인생을 잘 가꾸고 다듬는 법을 터득해야만 누릴 수 있는 인생 만족감입니다.

　행복한 삶을 가꾸는 것은 내가 얼마나 의미 있고 뜻깊은 시간을 알차게 보내느냐가 주안점인 겁니다.

거저 얻을 수 있으면 얼마나 좋을까요. 내가 심지 않고도 따먹을 수 있는 과일이 있다면 그건 행운입니다. 우연히 다가오던 일이지, 내 삶의 행복 기반은 아닙니다.

사람들은 삶 속에서 숱한 일들을 목격합니다. 가볍게 생각할 일도 있지만, 한동안 어깨를 짓누르던 성가신 일을 마주했습니다. 순간적인 집중력을 발휘해서 매듭지어야 할 일도 있지만, 오랜 인내심이 필요한 성가신 일도 있습니다. 이런 일의 특성을 잘 표현한 말이 고군분투孤軍奮鬪였습니다. 전혀 남의 도움을 받지 않고 혼자 힘으로 힘겨운 일을 해낼 때에 주로 쓰는 말입니다.

순간적인 집중력으로 끝내는 일과 오랜 시간이 걸려서 성과를 내는 일 사이에는 차이가 있습니다. 장기간에 걸쳐 성과를 만들어내는 일은 위험부담을 무릅쓴 도전적인 일들이 대부분입니다. 한동안 긴장감을 품고 얇은 얼음 위를 조심스럽게 걸어가야만 했던 일들입니다.

전혀 인생을 살아본 경험이 없으니까, 더욱 조심할 수밖에 없습니다. 처음 접하는 일들은 매우 낯설게만 느껴졌습니다. 이럴 때는 우선 두려움을 극복하는 것입니다. 두려움이 마음속에 머물지 않도록, 마음을 들여다보며 그 상황을 다스릴 줄 아는 지혜가 필요했습니다.

우리 속담에는 '마음이 가는 곳에 몸도 간다'고 말합니다. 내 생각이 머무는 곳에는 몸도 따라갑니다. 이를 놓고 마음을 다스리는 명상이나 참선의 세계에서는 '마음 챙김Mindfulness'이라는 용어를 사용했습니다. 번잡한 상황과 스트레스를 내려놓고 순간적으로 집중해서 깨달음과 통찰력을 키우는 마음가짐입니다.

또한 마음이 머무는 곳에 몸이 간다는 것은 영화 <비트 *Beat*>의 주인공인 오거스트에게도 발견되었습니다. 시카고 뒷골목에서 대인공포증에 갇혀 살아가고 있던 오거스트, 아직 고등학생인데도 그의 음악적인 재능은 출중했습니다. 영화의 첫 장면은 흑인 아이들 셋이 112번가의 슬럼가에 놀러 갔다가 쫓기는 장면부터 연출했습니다. 무시무시한 생존환경이었습니다.

그날 밤에 집으로 돌아오던 중에, 누나는 괴한이 쏜 총에 맞아 끔찍하게 죽었습니다. 이 광경을 직접 눈앞에서 목격했습니다. 악몽과도 같은 사건으로 대인공포증을 앓던 오거스트는 학교를 가지 않고 집에서 음악 작업에만 몰두했습니다. 사람들을 만나는 것이 두려웠고, 모든 사회생활을 접고 집에만 머물렀습니다.

그때였습니다. 한때 유명했던 음악매니저 로멜로 리스가 우연히 그의 집을 찾아왔습니다. 이때 오거스트를 처음 만나고 놀라움을 감추지 못했습니다.

개 기계야, 1분에 하나씩 만들어 내.

그리고 그 아이가 대인공포증에 사로 잡혀 집에만 머물면서도 천재적인 음악성을 키워낸 이유를 밝혀냈습니다. 리스의 주장처럼 정말이지, 우리가 인생에서 찾아낼 수 있는 건 거저 얻어지는 경우가 없었습니다.

삶 속에서의 고군분투가 노래에도 들어간 거야.

내가 하는 일에서 놀라운 성과를 내려면 삶 속에도 고군분투가 들어가야 합니다. 마음이 먼저 움직여야 몸이 움직이는 인과법칙이 작동했습니다. 천재적인 음악 재능을 갖고 있던 오거스트는 집 안에만 머무는 동안 마음을 집중하며 씨름했습니다. 끝내 불행을 이겨냈습니다.

신달자 시인의 삶도 불행을 행복으로 바꾸었던 사례였습니다. 그녀는 결혼한 지 9년 만에 뇌졸중으로 쓰러진 남편을 24년간 수발하다가 세상을 떠나보냈습니다. 우울증으로 힘들어했던 시인은 지난 세월을 되돌아보며 스스로 자신의 머리를 쓰다듬어 주고 싶다고, 지금까지 잘 견디며 수고했다고 큰 위로를 안겨주고 싶었습니다. 이런 그녀의 마음을 시로 담아냈습니다.

던지지 마라
박살난다
그것도 잘 주무르면
옥이 되리니

– 신달자, <미안해 고마워 사랑해>, 문학의 문학, 2010 –

멋진 음악이든 시이든 언제 끝날지도 모르는 일을 지금까지 지속하고 있더라도, 그 일은 고군분투하는 마음부터 쏟아부어야만 합니다. 어렵고 힘든 현실 환경을 바꾸고 싶거나, 더 행복해지고 싶을 때는 더욱더 절실했습니다. 매 순간 인내하며, 행복을 자신의 삶 속으로 깊숙이 끌어들이기 위한 고군분투가 필요했습니다.

내게 있는 불행을 행복으로 바꾸어 나갈 때까지는 말입니다.

행
복
습
관
의
전
신
갑
주

습관을 결정짓는 생활 반경은 매우 넓습니다. 항상 좋은 일을 꿈꾸며 사는 것도, 항상 긍정적인 생각을 품고 사는 것도 모두 놀라운 습관의 힘입니다.

습관은 생각과 행동을 길들이는 놀라운 능력이 감추어져 있습니다.

그렇지만 우리는 습관 형성을 너무 가볍게 취급합니다. 내 몸의 장단점을 눈여겨보면 좋은 점도 나쁜 점도 습관의 힘에 의해 엄청나게 영향력을 받았습니다. 습관이란 몸에 베여 있는 것, 내 삶의 일부가 된 행동 체계입니다.

누구나 어려서부터 잘 알고 있던 속담입니다.

세 살 버릇 여든까지 간다.

좋은 습관은 여든 살까지 가도 괜찮은데, 나쁜 버릇은 여든 살까지 가면 안 될 일입니다. 큰일 날 일이지요. 나쁜 생각과 행동이 내 몸에 안착되기 전에, 하루빨리 고치고 걷어내는 일이 절실했습니다. 좋든 나쁘든 습관이 몸에 베이면 내 삶의 일부가 되고, 그것은 내 삶과 함께 긴 세월을 타고 흘러갑니다.

한 번 몸에 베이면 쉽게 사라지지 않습니다.

그런 까닭에 좋은 습관을 몸에 길들이고 나쁜 습관을 걷어내기 위해서는 생각과 행동을 리모델링*remodelling*해야만 합니다. 즉 생각은 항상 긍정적이고 밝은 것을 선호하며, 행동은 솔직하고 의로운 것을 선택하는 일입니다.

이것이 영혼육을 행복의 전신 갑주로 무장하는 일입니다. 그래서 차동엽 신부는 <행복선언>에서 늘 행복한 일들이 내 삶에서 발생되고 창조될 수 있도록 성심껏 가꾸라고 조언합니다.

> 행복은 쟁취나 획득되는 것이 아니라,
> 발생되고 창조되는 것이다.
> 획득은 어려워도 발생은 쉽다.
> 발생은 발상의 전환으로도 가능하다.
>
> – 차동엽, <행복선언>, 위즈앤비즈, 2009 –

행복은 외부에서 쟁취되거나 얻어지는 것이 아니라, 내 안에서 발상의 전환으로 발생하는 심리적인 현상입니다. 내가 경쟁을 통해서 뺏고 획득하는 것은 아니고, 내 마음에서 발생되고 창조되는 것입니다. 그래서 사람들이 저에게 행복이 무엇이냐고 물으면 항상 이렇게 말합니다.

> 지금까지와는 다르게 내 생각을 바꿀 때,
> 내 안에 감추어져 있는 보물을 발견하는 것이라고.

> 그것을 찾아내기까지는 오랜 시간이 걸려도
> 반드시 찾아내야만 하는 일이라고.

이런 대답들은 가슴을 묵직하게 쓸어내렸습니다. 스스로 행복을 가꾸어나가는 것은 좋은 습관을 몸에 베이도록 만드는 것만큼 매우 중요한 일입니다.

제6장

/

그게 행복인 거죠

나
를
행
복
하
게
가
꾸
는
일

행복은 마음먹기 나름입니다. 희망을 품고 만족감을 누리며 사는 일 말입니다. 기시미 이치로는 아들러의 심리학 이론을 활용해서 <행복해질 용기>라는 책을 써냈습니다. 아들러의 심리학적인 관점을 따르면 인간 행동의 궁극적인 목적은 행복입니다.

    하나하나의 행동은 자신을 위한 것이다. 그리고 그런 행동의 궁극적인 목적이 행복이다. 그런데 인간은 그 행복을 달성하기 위한 수단을 선택할 때에 잘못을 저지르곤 한다. 행복해진다는 것이 무엇인지, 그리고 행복해지기 위해서는 무엇을 하면 좋을지를 생각해 보아야 한다.

– 가시미 이치로외 1인, <행복해질 용기>, 인플루엔셜, 2013 –

여기서 주목할 점은 행복을 추구하기 위한 방법입니다. 중요한 대목은 행복해진다는 것이 무엇인지, 행복해지기 위해서는 무엇을 해야만 좋을까입니다.

우선 행복해진다는 것은 무엇인가요? 지금과는 다른 생각과 감정을 갖는 것, 또는 이전보다는 더 많이 웃고 더 많이 감사하며, 더 좋은 감정으로 살아가는 역할입니다. 그렇다면 이렇게 행복해지려면 무엇을 해야만 합니까? 우선 이전의 부정적인 생각과 감정을 바꾸어야 합니다.

나는 행복을 추구하기 이전까지는 주로 이런 생각과 태도를 지녔습니다. 숨 가쁜 생존경쟁에 치여, 이기적으로 살아가고 있을 때의 삶의 시선이었습니다.

현실에서 최선을 다한다고
내가 노력한 것만큼 반드시 꿈은 이루어지던가.
내가 노력한 만큼 비로소 살만한 세상이 만들어지던가.
하고 싶은 일과 하고 있는 일이 뜻대로 이루어지던가.

그때의 내 삶은 꿈이 없고 초라했습니다. 미래에 대한 희망도 기쁨도 모두 잃어버린 비관주의자였습니다. 전혀 뜻대로 되지 않는 게 세상이라며, 그저 꿈이란 우리를 기만하고 있는 말장난 정도라고 취급했습니다.

하지만 지금 내 삶의 태도는 훨씬 긍정적으로 변했습니다. 이렇게요.

왜요. 현실에서 최선을 다하지 않았다고
내가 노력한 것만큼 대가를 지불하지 않아도
불행하던가요.

내가 발견한 행복의 열쇠는
매 순간 자기만족이고 위로입니다.

자기를 위로하고 만족시키는 일은
마음먹기에 달린 것이기에

언제나 찾아서 다독거리기만 하면 됩니다.

내 마음에서 분노, 절망, 좌절, 슬픔이 아니라
우울하거나 슬퍼질 때는
기쁨, 평화, 희망, 자비, 용서의 마음을 꺼내는 일입니다.

과거의 부정적인 시선을 긍정적으로 바꾼 겁니다. 내가 좀 더 행복하며, 의미 있는 삶을 살아보려는 기대 때문이었습니다. 내 삶을 보다 행복하게 바꾸어 보려는 적극적인 생명 활동의 시선이기도 했습니다.

그때부터 내 인생은 사회적인 성공보다는 삶의 소망을 행복 쌓기에 두었습니다.

행복 자산의 축적

얼만큼 살아야 인생을 제대로 체험했다고 말할 수가 있을까요? 물씬 경험에서 우러나올 수 있는 지혜로운 인생을 이야기할 수 있는 수준 말입니다. 이를 놓고 산지식이라고 말합니다.

하지만 다른 사람의 인생을 잘 이끌어줄 수 있는 인생 노하우*life knowhow*를 들려줄 수 있는 나이는 몇 살쯤에야 가능한 것일까요? 매우 단순하게 이해했습니다. 최소한의 산술적인 견해는 인생 교훈을 들려주고 싶은 사람들보다 더 많이 살아본 후에야 말할 수 있는 것이 인생론이라고 단정 지었습니다.

왜냐구요. 인생은 단막극이 아니라, 복잡한 연속극이고 길고 긴 나그네 길이니까요. 백 세의 나이가 되어야 자연스럽게 깨닫는 일생의 범주가 다르듯이, 오십을 넘기고 나서야 겨우 깨닫는 인생의 범주도 다른 겁니다.

그래서 그때그때 주어진 일에 최선을 다하는 게 가장 지혜로울 수 있다고 판단했습니다. 인생을 꽃에 비유하면 언제이든 지금 이 순간이 가장 화려하게 꽃을 피울 수 있는 최선의 시점이라고 본 것입니다.

이런 주장을 뒷받침했던 것은 꽃의 생애주기였습니다. 이른 아침에 겨우 꿈틀거리며 일어났더니, 그때의 시공간 속에서 살아 움직이는 것은 나밖에 없었지요. 온통 어둠 속에 파묻혀 있었습니다. 모든 것들이 잠들어버린 세상, 오직 미동하는 것은 가냘프게 호흡하던 나의 움직임뿐이었습니다. 사방에서 몰려오던 적막감 속에서도 나의 생각은 꿈틀거리며 춤을 추었습니다.

그리고 거실에 놓아둔 화분에서 예쁜 서양란이 피었다가 지는 것을 보았습니다. 화사하게 피어났던 서양란 몇 송이가 처

참하게 시들어갔습니다. 서양란의 생애주기는 화분 속 돌 틈을 뚫고 새싹들이 돋아났으며, 새싹은 영양분을 흡수하고 잎사귀를 키우며 절정기의 꽃을 피워냈습니다. 그러나 화사하게 피었던 꽃들이 앙상하게 시들어갔습니다.

그런데 갑자기 화사했던 시절보다 시들어가는 지금이 훨씬 더 행복할 것만 같았습니다. 꽃 잎사귀를 화사하게 못 피웠다면 불행한 생명주기라고 보았을 겁니다.

하지만 시들어가는 꽃잎은 또 다른 생명체를 낳기 위해 자신이 걸어가야만 할 길을 순종하며 걸어갔습니다.

꽃잎은 시드는 게 아니라, 새롭게 다시 태어나려고 보이지 않는 생명력이 몸부림을 치는 것만 같았습니다. 그러고 보니, 지금까지 살아온 나의 존재도 시들어가고 있는 것만은 아니었습니다. 비록 육신은 점차 시들어가고 있어도, 아직도 새로운 행복을 찾아서 꿈틀거리고 있었습니다. 그래서 내게 다시 물었습니다.

나는 지금 얼마나 행복할까?

지금껏 축적해 놓은 나의 행복 자산은 얼마인지를 스스로 물어보는 듯했습니다. 다른 사람들에게 최소한 행복 조언을 남기고 싶다면, 생애기간 동안에 쌓아놓은 행복 자산이 충분해야만 했습니다. 행복의 산지식은 덧없이 산 나이보다는 행복 자산의 축적 비중에 달려 있습니다.

나는 확실히 과거보다는 훨씬 행복해졌습니다. 매일매일 조금씩이라도 행복한 삶의 비중을 높이려고 생각했더니, 이전에는 몰랐던 사소한 일들 속에서도 행복을 마음껏 발견했습니다. 내가 더욱 행복해지려면 조금이라도 더 행복 자산을 늘려나가는 마음가짐이 중요했습니다.

해피엔딩의 인생 교훈들

　다양한 인생 이야기를 담아놓은 것은 문학입니다. 문학작품에는 숱한 인생사를 다루고 있어도, 그 결말은 좋게 끝나는 것과 슬프게 끝나는 것이 있습니다. 이런 문학작품의 결말을 놓고 혼인집 같다느니, 또는 초상집 같다느니 평론들을 쏟아냅니다.

　문학작품 속의 인생 캐릭터는 삶을 돌아볼 수 있는 거울이기도 했습니다. 이런 사람들의 인생 또한 크게 두 가지 부류였는데, 하나는 자기밖에 모르는 사람들이고 또 하나는 다른 사람을 배려하며 함께 잘 어울려서 살아가는 사람들입니다. 그런데 소설이든 드라마이든 해피엔딩*Happy Ending*은 자신밖에 모르는 이기적인 인물보다는 다른 사람을 배려할 줄 아는 사람들의 인생 결말입니다. 이런 인생사는 일련의 시간적인 흐름에 따라 불행을 극복하며 행복을 이어갔습니다.

예술가들 중에도 살아서는 불행, 죽어서는 행복한 화가가 둘이나 있었습니다. 세계 근대미술사의 대작을 남겼던 빈센트 반 고흐와 외젠 앙리 폴 고갱입니다. 고흐는 살아 있을 때에 무명인이었고, 고갱은 살아 있을 때에 무척 가난했습니다. 이시한 작가는 두 화가의 인생 스토리를 이렇게 회고했습니다.

> 책으로 화가의 스토리가 브랜딩되면서 사람들에게 폭발적인 관심을 받게 된 두 명의 화가가 있어요. 책으로 떴다고 표현해도 무방합니다.
>
> – 이시한, <지식편의점>, 흐름출판, 2020 –

죽음 이후에라도 두 인상파 화가의 생애는 해피엔딩으로 끝났습니다. 또 다른 이야기는 이꽃님 작가의 청소년 소설입니다. 상대적으로 비참했던 삶의 모습은 다양한 사회적 기회를 포기하며, 아무런 희망도 없이 하루하루 절박함 속에서 살아갔습니다.

이작가는 <행운이 너에게 다가오는 중>이란 소설에서 가정폭력을 당하고 있던 외톨이 은재의 이야기를 신랄하게 다루었습니다. 그야말로 은재는 아이들 사이에서도 왕따 중의 왕따였습니다.

> 웃는 것을 한 번도 본적이 없고 누가 말 거는 것도 싫어하는
> 천하의 싸가지, 자발적 왕따!
> 그래서 다크나이트로 불리는 최고의 아웃사이더
>
> – 이꽃님, <행운이 너에게 다가오는 중>, 문학동네, 2020 –

은재의 친구들이 붙여준 끔찍한 별명입니다. 아빠의 가정폭력으로 스스로 왕따의 삶을 선택했습니다. 이런 은재가 선생님과 친구들의 도움으로 불행의 늪에서 탈출하던 헤피엔딩 스토리*happy-ending story*입니다. 주변 사람들 도움으로 용기를 내어 행복을 찾아 나섰습니다.

이런 점에서 우리는 행복한 삶의 기반이란 무엇인지를 다시

금 새겨보아야 합니다. 행복한 삶은 안정적인 삶의 형태를 갖추어 나가는 것, 또는 정상적인 생활기반을 닦고 유지하는 것일 수도 있습니다. 누구나 꿈꾸는 정상적인 삶 속에는 해피엔딩$^{happy\ ending}$이 스며있기 때문입니다.

행복은 한 번에 대단한 행운을 누리며 사는 것보다 정상적인 생활 환경과 패턴 속에서 소소한 일들이 만들어내던 삶의 기반입니다. 소확행小確幸인 겁니다.

행복 나눔의 전이 효과

　행복하면 환하게 떠오르는 건 웃는 얼굴들입니다. 이런 얼굴들은 그저 보고만 있어도 행복하기만 합니다. 그런 얼굴들 덕분에 나도 행복해집니다. 사람들은 오래전부터 행복을 탐구했습니다. 대표적인 부류는 니코마스 윤리학과 스토아학파였습니다.

　이들은 행복을 어떤 수단이나 방법이 아니고 유일무이한 삶의 목적, 또는 부정적인 감정 상태를 뛰어넘을 때의 내적 평온을 말했습니다. 하지만 최근에는 뇌과학이나 유전학, 심리학, 인문학 등에서도 다룹니다. 세계행복보고서에 따르면 낮은 행복 지수와 관상동맥질환, 뇌졸중, 수명 등은 상관관계가 높습니다.

하물며 마이크 비킹은 <세계에서 가장 행복한 사람들의 비밀>에서 정서가 밝고 긍정적인 사람일수록 감기 바이러스에 노출되었을 때 감기에 걸릴 확률이 낮고 감기에 걸리더라도 금세 나았다고 주장했습니다. 행복은 건강 유지상태와도 깊은 관계가 있습니다.

요즘 사람들이 주로 사용하는 소통방식은 페이스북*face-book*과 같은 소셜미디어입니다. 첨단정보통신기술이 밑바탕이 된 온라인상의 의사소통 채널입니다. 이곳에서 암 수술을 받고 하루하루를 감사한 마음으로 행복하게 살아가는 분을 만났습니다. 자신의 삶 자체가 행복 전도사라도 된 듯이, 수술대 위에서 깨달은 행복 이야기를 매번 고백하듯이 펼쳐 놓았습니다.

하루하루 우리 축제같이 살아요.
인생 금방 휘리릭 갑니다.

나쁜 건 눈 감고 안 보려고요.

좋은 건만 보아도 모자란 시간이라는 생각이
수술대에서 느껴졌습니다.

더 빨리 알았으면 좋았을 텐데

아쉽지만 지금은 내가 하고 싶은 것
보고 싶은 것
듣고 싶은 것
그리고
가보고 싶은 곳만 가며
말하고 싶을 때 주저 없이 말하려고요.

나는 그 누구를 위해 사는 게 아니고
바로 나의 행복을 위해 살려고 합니다.

우리 같이 웃으면서 행복하게 살아요.

- 이주은, "페이스북 글" 中에서 발췌 -

죽음의 순간 앞에서 행복의 중요성을 체험했는가 봅니다.
왜 행복하게 살아야 하는지, 어떻게 해야 행복하게 살 수 있는지, 또한 그렇게 사는 것은 어떤 의미가 있는지를 말했습니다. 나는 그분의 글을 읽고 행복에 대한 새로운 깨달음을 얻었습니다.

행복은 오로지 이성적으로 따질 것은 아니라는 점입니다. 이것저것 따져볼 것도 없이, 우리 인생은 있는 힘껏 행복을 추구하며 살아도 부족하고 모자란다는 것입니다. 스스로 자기 인생에서 커다란 기쁨을 발견하며 사는 것, 그건 짧은 인생 기간 내에 하고 싶은 것, 보고 싶은 것, 듣고 싶은 것, 가보고 싶은 곳을 가기 위해 적극적으로 실천하는 행동입니다.

이렇게 보면 행복은 꼭 학술적이거나 합리적으로 식별할 필요는 없었습니다. 우리가 일상생활에서 반드시 체득해야 할 행복의 관점은 스스로 행복한 일을 찾고 배우며, 누리고 사는 체험적인 일입니다. 꽤나 지나칠 정도로, 또한 과도할 정도로 자기 삶에서 부지런히 찾고 배우며 키워내야 할 것이 행복이라는 점입니다.

행복은 거저 얻어지는 게 아닙니다. 주변에서 행복한 삶을 누리고 있는 사람들에게 배워야만 하는 일이기도 했습니다.

제7장

행복의 이해 조건들

행
복
의

무
게

    고난도 시련도 행복의 재료입니다. 인생은 고난의 연속입니다. 고난과 시련 없이 나를 정금같이 키워낼 수 있는 방법이 있나요? 이런 모습을 보며 지혜의 왕 솔로몬은 헛되고 헛되다며, 끝없이 한탄을 자아냈습니다. 인간은 인생 자체의 고난에서 벗어나기 힘들다는 이유였습니다.

    그러나 사는 것 자체가 고난이었던 내 인생의 무게감은 다른 한편으로 어깨가 묵직해지던 행복의 소재입니다. 모든 고난과 시련의 무게감은 직접적인 행복감으로 승화되지를 않아도, 나름대로 그때의 그 고난을 기억하면 감사함과 함께 과거의 고난을 기쁨으로 승화할 수가 있었습니다. 시간이 지나면 고난과 시련도 행복의 발자취였습니다.

누가 뭐래도 행복의 무게입니다.

내가 추구하는 행복은
언젠가 그날 그때의 이야기를 기쁘게 나눌 수 있는
그리하여 마침내 입가에서 진한 웃음을 머금고
정겹고 애틋한 일들을 생생하게 기억하는 일입니다.

그 일들을 생각하면 생각할수록
더욱 행복해지는 일입니다.

그럴수록 나는
오늘을 생각하며 과거를 감사할 수 있고
내일을 생각하며 오늘을 인내할 수 있고
인생을 생각하며 내일을 이야기할 수 있습니다.

고난과 시련을 대하는 현실적인 생각만을 바꾸어도, 내가 걸어가야 할 인생길 위에서 무한정 기쁘게 뛰어놀 수가 있습니다. 태어날 때부터 죽을 때까지 오로지 행복만을 누리며 살아가는 사람들은 어디에도 없습니다.

모두들 힘들게 살아가고 있는데, 나만 홀로 이기적으로 누릴 수 있는 행복의 길은 어디에도 없습니다.

하지만 고난과 시련을 행복의 무게로 바꾸어 놓고 살아가는 것은 가능합니다. 내 생각과 태도를 바꾸기만 하면 되는 일이니까요. 그래서 때론 힘들고 어려울 때면 내 어깨 위에 다가와서 무겁게 기대라는 것, 인생 무게가 행복이라는 것을 깨닫고 나면 언제나 넉넉하게 내 어깨를 비워놓을 수가 있는 겁니다.

시간과 장소에 구애 없이 다가와서 기대라고 말하고 싶은 겁니다. 내가 품고 있는 행복이란 나와 함께 힘든 길을 걷는 이들에게 어깨를 내어주는 일이기도 하니까요.

과거와 지금 상태를 비교하면 무척 남다릅니다. 예전에는 두려움과 불안감에 휩싸여 생존경쟁을 준비하는데 숨 가빴는데, 지금은 부정적인 생각과 두려움을 내려놓기 위해 애를 씁니다.

왜냐하면 행복의 이치는 간단합니다. 부정적인 마음을 몰아낸 만큼 긍정적인 마음이 깃듭니다. 나쁜 심리적인 상태를 비워내면 평온한 마음 상태를 유지했습니다. 들뜨듯이 행복감이 밀려오는 것은 아니어도 편안한 심리상태를 누렸습니다.

하지만 확실한 것은 동일한 부모 밑에서 태어나고 자란 일란성 쌍둥이들도 마음 상태는 달랐습니다. 이런 상대적인 차이를 생각하면 서로 다르게 마음먹고 생각하는 것은 자연스러웠습니다. 다른 시선으로 다르게 생각하고 다르게 행동하는 게 보편적인 성향인 겁니다.

그렇지만 서로 생각이 다르다며 칼끝을 겨누고 치열하게 다투는 경우도 많았습니다. 바로 정치 세계입니다. 왜 이런 말을 꺼내는지 다들 아실 겁니다. 비슷비슷한 정치동조형의 생각들도 있지만, 같은 현상을 놓고 다르게 생각하는 이질적인 생각들이 훨씬 많았습니다.

나와 생각이 다르다고 괴팍한 것이 아니라, 자연스러운 현상인 겁니다. 예를 들어 오랜 기간 한 가족으로 함께 살았어도, 사람들이 갖고 있는 생각과 감정 상태는 서로 달랐습니다.

왜, 나랑 다르게 생각하지?

당연한 겁니다. 하지만 이런 생각과 감정, 의견이 서로 다르다는 이유만으로 배척했습니다. 그 결과는 '왕따', '이지메', '집단 괴롭힘'과 같은 사회적인 부작용 현상을 낳았습니다. 특정한 권력 집단에서 약한 자를 괴롭히던 행동은 아주 비열한 짓임을 알면서도, 서로 생각과 감정의 차이가 있다는 것만으로도 상대방을 흠집 냈습니다. 따돌리고 괴롭혔습니다.

이런 행동들이 더욱 악화되면 심각한 사회갈등 현상으로 불거졌습니다. 그래요. 어쩌면 생각과 감정이 서로 같다는 것보다 서로 다르다는 이질감을 인정하는 게 현명하겠지요.

왜 이런 말을 하는지 다들 아실 겁니다. 그래서 이쯤에서 꼭 하고 싶은 말은 꺼내야 할 듯합니다. 여기서 강조하고 싶은 것은 세대 간에도 사람들 간에도 다르게 생각하고 표현한다고, 그런 행동에 대해 크게 영향력을 받지 말라는 겁니다.

그렇지 않으면 마주 보며 엄청난 비난과 화살, 비아냥거림을 쏟아붓습니다. 서로 다르다는 것을 마음으로 인정하지 못하기 때문에, 협소하고 유치한 생각들은 그 자체로서 심각한 갈등의 원인이 됩니다. 두말할 것도 없이 대표적인 갈등 사례는 정치권의 여야 지지자들입니다. 하기 싫은 정치 이야기를 꺼내서 그렇지, 상대방을 한 번이라도 더 이해하고 타협하려는 시도는 거의 본 적이 없습니다. 서로 만나면 마음의 상처부터 주고받았습니다.

행복한 자기 기운의 유지

진실이 무엇인지를 알아가는 일은 엄청난 에너지를 쏟아붓습니다. 오랜 시간이 걸려서야 겨우 한두 가지 진실을 확인할 뿐이었습니다. 그래요. 사실 사람들의 일을 모두 이해하고 안다는 것은 불가능한 일입니다.

하지만 요즘 같은 시대는 마음이 우울한 사람들, 또는 침울한 기운에 사로잡힌 사람들이 예전보다는 부쩍 늘어났습니다. 주변에는 티 없이 해맑게 웃거나 거짓 없이 환하게 표정 짓는 사람들을 구경하기가 힘듭니다. 일단 그 이유부터 가다듬고 보면 사람과 사람 사이의 관계가 그만큼 힘들어졌습니다. 먹고 살아가는 일은 풍족해졌는데, 사람과 사람 사이의 인간관계는 더욱 이기적으로 바뀌었습니다.

그렇다고 내가 살아온 삶의 모습도 별반 다르지는 않았습니다. 점점 생각은 이기주의에 물들었고 돈벌이에 마음을 빼앗겼으며, 속 감정은 주변 사람들을 전혀 배려하지 못했습니다. 서로 돕고 나누며 어울려서 살아가는 것은 직장생활이 끝난 정년퇴임 이후에나 가능한 일이라고 여겼습니다. 누군가를 돕는 일은 엄청난 재산을 축적하고 충분한 여유 돈이 있을 때에나 가능한 일이었습니다.

그래서 매번 지금은 다른 사람을 도울 때가 아니라고 다독거렸습니다. 그러다가 어느 날 문득, 내가 깨달았던 행복의 속성은 삼박자의 균형이었습니다. 행복한 인생을 추구하려면 인성과 지성과 영성이 서로 균형적인 조화를 이루어야만 가능하겠다는 관점입니다. 인성은 사람 됨됨이를, 지성은 문제해결 능력을, 그리고 영성은 하나님을 의지하며 살아가는 믿음의 세계입니다. 이런 것들이 내 삶에서 균형을 이루지 못하면, 각박한 물질만능주의 사회에서 어떻게 살아갈 것인지 그저 눈앞이 캄캄했습니다.

내가 줄곧 감정적인 멘붕 상태의 직전에 들었던 말은 위로였습니다. 흔히 내가 침체기에 빠져 있을 때, 사람들은 기분보다는 기운을 내자며 거듭거듭 위로했습니다. 하지만 이런 상황 앞에서 사람들이 살아 움직이는 힘은 기운보다는 기분에 좌우된다는 관점이었습니다.

때론 기운이 아니라, 감정적으로 기분전환이 필요하다는 점을 강조했습니다. 그런 말을 듣던 순간에는 엄청난 공감이 밀려왔습니다. 마음에선 기운보다는 기분 전환이 필요하다는 것에 대해 "그래, 그래 맞아, 정확한 이해야!"라며 맞장구를 쳤습니다. 사람들은 평온한 기운을 유지하는 것보다는 특정한 상황 앞에서 자기 감정이 요동치는 대로 행동했습니다.

이쯤 생각이 머물게 되자, 갑자기 기분 상태에 따라서 엉뚱한 삶의 결과를 낳을 수도 있겠다는 불안감이 밀려들었습니다. 다시금 일시적인 감정에 휩쓸려 살아가다 보면, 삶의 균형성을 잃어버릴 것만 같았습니다. 행복하게 살려면, 우선 기분부터 잘 다스려야만 할 것 같았습니다. 일시적인 감정조절 능력을 키우는 일입니다.

좀 더 깊이 있게 이해하려고 인터넷 백과사전을 살펴보고 스스로 내린 기분과 기운의 차이점입니다.

> 기분은 의기소침과 우울, 기쁨, 절망 등 느낌이나 감정 등과 관련된 마음의 상태지만, 기운이란 힘과 의지, 또는 살아 움직이는데 필요한 에너지라는 의미이다. 그래서 행복은 시시때때로 불쾌해지던 내 감정 상태를 어떻게 다스리는가 에 의해서도 영향력을 받는다. 하지만 지속적인 행복은 기 분보다는 기운에 의해 결정될 수 있다.

행복한 삶을 유지하려면 기분이냐 기운이냐에 따라서 다른 결과가 빚어질 수도 있습니다. 기분은 현재의 상태를 좌지우지할 수 있는 마음 상태인 반면, 기운은 일정한 상태를 유지할 수 있는 힘을 갖습니다. 둘 다 행복한 상태에 대해 영향력을 미치지만, 수시로 요동치던 기분보다는 기운을 잘 간직하고 있는 것이 오랫동안 잔잔한 행복을 유지할 수 있는 에너지원이었습니다.

내
안
에
있
는
네
개
의
눈
들

　인간의 눈은 여러 개입니다. 그러니까, 두 개의 눈만은 아니라는 말입니다. 이러한 눈들은 삶에 대한 관찰과 이해 능력을 높이며, 사물과 현상의 본질을 꿰뚫어 보며 올바르게 행동할 수 있는 중요한 시선이었습니다.

　우리는 육체적으로 두 개의 눈만을 소유한 것 같지만, 또 다른 여러 개의 눈을 갖고 있습니다. 물리적인 세계를 바라보는 육신의 눈은 두 개밖에 없어도, 세상을 좀 더 명확하게 보려면 지식의 눈, 마음의 눈, 영안의 눈 등 여러 가지의 눈들이 작용했습니다.

이런 눈들은 각자의 특성이 있습니다. 그렇지만 육안으로 세상을 보면 눈에 보이는 것만을 진실처럼 받아들입니다. 눈앞에 보이는 사물과 현상을 관찰하고 이해할 수 있는 시선입니다. 직접 자기 눈으로 확인한 것만을 진실로 받아들이는 사실주의입니다. 말 그대로 직접 눈으로 관찰한 것만을 믿습니다.

그러나 실제 사물을 구별할 수 있는 육체의 눈 외에도, 오랜 기간에 걸쳐 지식과 경험을 축적함으로써 쌓아놓은 경험의 눈과 눈에 보이지는 않아도 본질을 꿰뚫어 볼 수 있는 마음의 눈, 그리고 진리의 관점에서 인간사를 이해하는 영적인 눈입니다. 아니나 다를까 이를 놓고 육안肉眼, 지안智眼, 심안心眼, 영안靈眼으로 구별했습니다. 한 사람의 몸에는 최소한 4개의 다른 눈들이 살아있습니다. 이런 눈들은 우리가 행복하게 살아가는데 있어 나름대로 각자의 역할을 수행합니다.

그렇다면 주로 각자의 눈들이 어떻게 반응하는지를 살펴보아야 합니다. 예를 들어 어떤 사람이 길을 가다가 땅위에 떨어져 있는 만 원짜리 돈을 주웠다고 가정해 봅시다. 어떻게 이해하고 행동할 것인가를 판단하는 것은 우리들의 시선입니다.

- 육안肉眼 – 길거리에 만 원짜리 돈이 떨어져 있다.

- 지안智眼 – 길거리에 떨어져 있는 돈을 주워서 주인을 찾
아주면 그에 상응하는 정당한 대가를 받을 수
있다.

- 심안心眼 – 길거리에 떨어져 있는 돈은 누군가 잃어버린 사
람이 있을 텐데, 돈을 잃어버린 사람의 상실감
을 생각해서 찾아주어야겠다.

- 영안靈眼 – 성경에서 하나님은 네 이웃의 것을 탐하지 말
라고 하셨으니, 떨어진 돈을 내 것으로 취하는
것은 계명을 어기는 죄다.

내친김에 한 걸음 더 앞으로 나가볼까요. 결국 이것은 한 가지 눈으로 세상을 보지 말라는 것입니다. 제한된 한두 가지 눈으로 세상을 이해하면 액면가밖에는 안 되지만, 여러 개의 눈으로 보면 감추어진 삶의 의미까지도 발견할 수 있다는 말이겠지요.

줄곧 생각해 보아도, 행복을 위해 우리에게 필요한 눈은 다

양하게 작동했습니다. 가난한 삶의 시련을 놓고, 물리적인 눈으로 보면 불행한 현실밖에는 보이는 게 없습니다. 하지만 영안의 눈으로 보면 고난의 시기는 나를 정금같이 다듬으려는 하나님의 사랑이고 배려인 겁니다.

행복도 마찬가지입니다. 눈 앞에 펼쳐진 가난한 삶을 있는 그대로 보면, 그저 가난뱅이의 삶 밖에는 수용할 수 있는 게 없습니다. 그러나 가난을 통해서 내게 인내와 도전, 열정을 배우게 하려는 하나님의 인도하심이라고 본다면, 가난을 받아들이는 삶의 태도가 달라질 수가 있습니다. 가난 앞에서도 행복한 마음을 갖고 현실을 극복해 나갈 수 있는 삶의 의지를 다질 수가 있습니다.

네 박자의 긍정 플러스

고난은 쌉싸름하고 달콤합니다. 사람들은 고난을 껴안고 태어납니다. 잘났든 못났든 부자이든 가난하든, 원하든 원하지 않든 고난이 곧 인생길이라는 점입니다. 먹고 살기 위해 매일 수고하고 노력해야만 하는 건 기본이고, 때론 고난 때문에 더러워서 더 이상은 못살겠다며 인생마저 갈팡질팡했습니다.

그리고 어쩔 수 없는 지경에 이르러서야, 참 버거운 인생에서 벗어나는 길은 마음가짐에 달려 있다는 것을 그나마 깨달았습니다. 더 이상 늦지 않았으니 다행입니다. 놀랍게도 그 깨달음이란 게 삶은 절망보다는 희망에 가깝고, 고난보다는 행복을 꿈꾸는 것이 훨씬 유익하다는 생각의 전환입니다. 그래서 인간의 본 모습은 모순적이고, 나약하기 짝이 없는 갈대와도 같은 실상을 본 겁니다.

연약한 인간의 실상을 보고 나면 조금은 겸손해집니다. 이전과는 바뀐 상황이 전혀 없어도 괜찮은 척, 행복한 척하며 마음의 테두리를 애써 긍정 마인드로 무장했습니다. 놀라운 일은 그때부터였습니다. 절망적이고 부정적인 생각의 굴레를 벗어나야겠다며 마음먹은 그 순간부터 긍정적인 미래를 상상하며 줄곧 희망을 품었습니다.

그러던 어느 날이었습니다. 나와 같이 전국문학지인 <문장 21>에서 시인으로 등단하고 제주 N뉴스의 편집국장을 맡고 있던 현달환 시인이 지혜로운 글귀를 SNS에 올려놓았습니다. 한 글자부터 네 글자까지 풀어놓은 긍정 마인드의 단계별 플러스 방법입니다.

- 한 글자로는 나는 '꿈'을 품었다.

- 두 글자로는 나는 '희망'이 있다.
- 세 글자로는 나는 '가능성'이 있는 존재이다.
- 네 글자로는 나는 '할 수 있어'라는 다짐이다.

– 현달환 시인, "페이스북 글" 中에서 발췌 –

힘들지 않은 인생길이 어디 있을까요? 하지만 힘이 들고 수고로웠던 그 시간을 되짚어보면, 아무리 힘들어도 그까짓 것 마음을 굳게 붙잡고 극복하면 되지 않을까요? 더도 말고 덜도 말고 꿈과 희망, 가능성, 도전 의식을 품으면, 다시금 샘솟는 삶의 의지를 발견했습니다.

이런 삶의 의지는 나이와는 관계없습니다. 세상을 살아가며 체험하는 것은 별개 아닙니다. 꿈과 희망을 품고, 자기 자신의 가능성을 믿으며 열정적으로 도전하는 일입니다. 그래서일까요. 나도 네 박자의 긍정 플러스를 마음에 새겨보니, 발상 자체가 참 멋졌습니다. 뜻밖에도 인생 금언처럼 마음 판에 새겨놓으면 좋을 듯했습니다.

한 글자부터 네 글자까지 길게 풀어놓는 것보다 한 문장으로 만들어놓고 잊을만하면 되새겨보려고 다시 다듬었습니다.

나는 언제나 꿈을 품고 희망을 말하며
가능성을 바라보고 할 수 있다고 여기리라.

신기하게도 네 박자의 긍정 플러스를 한 문장으로 바꾸었는데도 궁합이 잘 맞았던지, 긍정은 긍정끼리 잘 어울렸습니다. 그랬더니만 긍정 마인드의 좌표는 사람들 속에 들어 있고 사람들에게서 시작했습니다.

이를 증명했던 것은 바로 노동자 시인인 박노해의 "다시 사람만이 희망이다"였습니다. 절망 속에 있는 것도 사람이고 희망을 품고 행복을 쫓아가는 주체도 사람입니다. 긍정의 심리현상은 행복을 뒤쫓아가는 희망의 좌표입니다.

희망찬 사람은
그 자신이 희망이다.

길 찾는 사람은
그 자신이 새 길이다.

참 좋은 사람은
그 자신이 이미 좋은 세상이다.

사람 속에 들어 있다
사람에서 시작된다.

다시
사람만이 희망이다.

- 박노해, <사람만이 희망이다>, 느린걸음, 2011 -

삶은 희망이라는 긍정 마인드가 장착되어야 행복한 삶을 이끌어갈 수가 있습니다. 희망을 품고 있어야 고난과 시련도 넉넉하게 이겨낼 수가 있으며, 힘든 인생 속에서도 행복감을 잃어버리지 않습니다. 긍정 마인드를 품는 것이 곧 행복의 중요한 전제조건입니다.

제8장

/

행복을 푸는 비밀 열쇠들

계
절
속
의
행
복
감
성

사계절 속에는 행복 감성이 감추어져 있습니다. 하지만 계절의 정감을 전혀 못 느끼는 사람들도 있습니다. 얼마나 눈코 뜰 새 없이 바빴으면 봄여름가을겨울을 느껴볼 수가 없을까요. 계절과 계절이 서로 맞장구를 치며 속절없이 바뀌었는지도 몰랐습니다.

하나같이 일에만 파묻혀 시간 가는 줄도 모르고 살아가는 사람들이었지요.

사계절은
짙은 계절 감성을 품고 다가왔습니다.

노란 꽃잎들이 춤추던 봄,
여기저기 담장마다 개나리꽃이 활짝 피었습니다.

짙은 녹음이 춤추던 여름,
시내 곳곳의 나무마다 물씬 활력이 넘쳐났습니다.

푸른 하늘이 춤추던 가을,
산이면 산마다 황홀한 광경이 펼쳐졌습니다.

하얀 세상이 춤추던 겨울,
눈이 내린 마음마다 정결함이 넘쳐났습니다.

사계절 내내 꽃과 나무와 산과 사람들 사이에는
행복한 계절감이 활짝 피었습니다.

누가 뭐래도 사계절 감성은 행복입니다. 자연의 순리처럼 봄여름가을겨울이 우리에게 제공하는 삶의 의미는 달랐습니다. 사계절의 정취는 노란 꽃잎이 춤추는 봄, 짙은 녹음이 춤추는 여름, 푸른 하늘이 춤추던 가을, 하얀 세상이 춤추던 겨울의 열린 공간입니다.

하지만 계절 속에서 행복감을 충만히 누리는 것은 내 삶을 돌아볼 수 있는 여유가 있을 때에나 가능한 일입니다. 숨 가쁘게 허겁지겁 살아가는 사람들은 아침밥, 점심밥, 저녁밥 먹을 때만 있지, 사계절 정취에 빠져 계절 감성을 누릴 수 있는 삶의 여유가 없었습니다.

누구에게나 주어진 삶의 축복은 아닙니다.

사랑은 변하는 게 좋을까요.
사랑은 변하지 않는 게 좋을까요.

　사랑의 이해는 다릅니다. 사랑은 변하는 게 좋다는 사람도
있고, 변하지 않는 게 좋다는 사람도 있습니다. 하지만 사람들
은 오해했습니다. 몇 번이나 진실한 사랑을 해 봤으며, 사랑에
대해 얼마나 깊이 고민을 해보았을까요. 그러니깐 순 엉터리라

는 것, 또는 섣부른 사랑의 감정만을 갖고 행복을 대변하고 있는 것은 아닐까요.

이런 부류의 사람들이 일관되게 주장하는 것은 '사랑은 변하지 않는다'며 스스로 위로했습니다. 영원히 변하지 않는 게 사랑이라고. 그러나 이런 관점에서 사랑의 관계가 성립한다면 정말 큰일 날 일입니다.

왜냐구요. 이제부터 그 이유를 풀어볼까 합니다. 우리가 기대했던 사랑은 로미오와 줄리엣의 사랑과 같이 애틋했나요. 정말 깊이 사랑한 사이라면 우리의 사랑은 변하지 않는다는 불변의 법칙을 세워야만 했습니다.

그러나 이 세상에서 로미오와 줄리엣과 같은 희생적인 사랑을 나누었던 사례는 소설밖에는 없었습니다. 로미오와 줄리엣보다는 클레오파트라와 같이 한 때의 기쁨과 영광을 위한 사랑의 실체가 주류를 이루었습니다.

물론 사랑은 쉽게 변하지 않으면 좋겠습니다. 나도 영화 <봄날은 간다>에서 유지태와 같은 마음을 품었습니다. 그는 이영애와 함께 봄날과도 같은 사랑이야기, 사운드엔지니어인 상우 역을 맡았고 라디오피디인 은수 역을 맡았습니다. 둘은 자연의 소리를 녹음하기 위해 곳곳을 여행하던 중에 깊은 사랑에 빠졌습니다. 상우의 집인 서울 인근의 수색에서 은수의 집인 강릉까지 장거리를 오고 가며 불같은 사랑을 싹틔웠습니다.

어느 날 치매에 걸린 상우 할머니가 마룻바닥에 앉아서 서툴지만 흥얼거리듯이 <봄날은 간다>는 노래를 불렀습니다. 봄날과도 같았던 상우와 은수의 짧은 사랑이 말없이 떠나갈 것을 암시했습니다. 이후 상우는 은수가 다른 남자를 만나는 것을 목격했으며, 마음속 갈등이 증폭했습니다.

두 사람은 아픈 마음을 다독이며 헤어질 수밖에 없는 마지막 길목에 다다랐습니다. 이때에 은수에게 자신의 속마음을 털어놓았습니다.

어떻게 사랑이 변하냐!

어떤가요. 상우가 품었던 사랑은 영원히 변하지 않는 것이지만, 은수가 품었던 사랑은 기회적이고 일시적인 감정이었습니다. 상우의 사랑고백을 듣고 있던 은수는 귀찮은 듯이 이제는 헤어지자며, 스스로 선택한 자신의 길을 걸어가자며 냉정하게 이별을 통보했습니다. 더욱 애틋한 것은 <봄날은 간다>에서 가

수 김윤아가 불렀던 OST입니다. 영화 전반에서 사랑의 음률이 흘러가듯이 감정선을 조율했습니다.

때론 사랑의 감정을 부추기도 했고, 때론 억누르며 이별을 암시했습니다.

> 아직까지도 마음이 저려 오는 건
> 그건 아마 사람도 피고 지는 것처럼
> 아름다워서 슬프기 때문일 거야, 아마도
>
> - 김윤아, "봄날은 간다 OST" 中에서 발췌 -

아쉽게 끝난 사랑은 행복인가요, 아니면 불행인가요. 아마도 불꽃 같았던 사랑은 고운 꽃잎과도 똑같이 화려하게 피고 졌을 겁니다. 한참 서로를 바라보며 사랑했을 때는 행복의 절정기를 누렸어도, 이별을 통보하고 헤어질 때는 안타깝고 불행한 현실에 직면했습니다.

그래서 남녀 간의 사랑은 행복과도 동일한 고저高低의 감정지수를 갖고 있습니다. 사랑의 높낮이에 따라 행복의 높낮이도 함께 움직였습니다. 남녀 간의 사랑과 행복은 같은 감정지수를 갖고 있는 경우가 많기 때문에 깊은 사랑에 빠졌을 때는 천하를 다 얻은 것처럼 행복감을 누렸어도, 헤어질 때는 축 늘어진 어깨 위로 슬픔 감정의 소나기가 한없이 쏟아지고 있는 겁니다.

아무리 슬픈 이별의 순간을 맞이해도, 사랑은 행복이라고 말하고 싶은 겁니다. 상우가 서울 수색에서 멀고 먼 강릉까지 은수를 만나러 가던 길은 숨 막히게 아름다운 감정들이 춤을 추었습니다.

평생 이 세상에서 느껴보지 못했던 행복한 감정들을 누렸으니까요.

용혜원 시인은 "너를 만난 행복"에서 세상에서 가장 행복한 길은 너를 만나러 가는 길이며, 늘 가고 싶은 길 또한 너를 만나러 가는 길이라고 했습니다. 그 길은 세상에서 가장 아름답고 온통 그리움으로 수놓은 길, 마지막 숨을 쉴 때까지도 걸어가고 싶은 사랑의 길입니다.

너를 만난 행복
용혜원

나의 삶에서
너를 만남이 행복하다

내 가슴에 새겨진
너의 흔적들은

이 세상에서 내가 가질 수 있는
가장 아름다운 것이다

나의 삶의 길은
언제나
너를 만나러 가는 길이다

그리움으로 수놓은 길
이 길은 내 마지막 숨을 몰아쉴 때도
내가 사랑해야 하는 길이다

이 지상에서
내가 만난 가장 행복한 길
늘 가고 싶은 길은
너를 만나러 가는 길이다

- "인터넷 블로그"에서 발췌 -

　　이 세상에서 가장 행복한 길을 만들어내는 것은 사랑입니다. 그 길은 숨 막히도록 아름다운 길이기도 하지만, 가장 애틋한 마음을 느끼며 늘 걸어가고 싶은 행복 노선입니다. 사랑은 인간 본연의 마음과도 상통합니다. 그 길 속에는 엄청난 행복감이 비밀스럽게 감추어져 있습니다. 이렇게 영화 <봄날은 간다>에서 상우가 은수를 만나러 가던 길은 이별을 전제로 한 슬픈 영화이기는 했어도, 행복한 여정이고 늘 가고 싶었던 사랑의 길이었습니다.

일
과

사
랑

사
이
의

행
복

혹시 본투비 블루^{Born to be Blue}라는 고전영화를 본 일이 있
나요. 쳇 베이커와 제인이 남녀 주인공이었습니다. 남자 주인공
의 분위기는 우울증에 걸린 환자 같았지만, 여자 주인공은 상
냥하고 의지적이며 뚜렷한 가치관을 지녔습니다. 누가 보아도
반듯한 사람입니다.

영화 줄거리는 사랑과 일과 돈이라는 생애의 갈림길에 서 있
던 쳇 베이커의 생애를 그려냈습니다. 영화의 전체 분위기는 우

울하고 슬픈 블루칼라*Blue Color*였습니다. 블루칼라는 맑은 물, 차가움, 상쾌함, 신선함, 냉정함 등 주로 차가운 느낌을 주는 대표적인 색상 계열입니다.

하지만 영화의 결말에선 인간이 갈림길에 서 있을 때에 얼마나 잘못된 방향에서 의사결정을 반복할 수 있는가를 보여주던 대표적인 사례입니다. 온갖 시행착오 끝에도, 결국 선택하지 말아야만 할 길을 선택하며 걸어갑니다. 무척 안타까웠습니다. 이런 선택을 반복하면 그만큼 어리석게 보였습니다.

우리의 삶 속에는 어리석고 반복된 선택들이 일상적이고 다반사였죠. 하지만 영화를 보는 내내 맛깔스러움이 느껴졌습니다. 남자주인공이었던 애단 호크의 연기력 때문만은 아닙니다. 쳇은 유명한 트럼펫 연주자이지만, 이에 대한 압박감으로 마약 중독자였습니다. 마약 중독으로 감옥에 수감됩니다. 마약 중독의 불우한 삶을 살았던 쳇 베이커는 제인을 만나 깊은 사랑에 빠집니다. 그리고 마약 중독에서 조금씩 벗어났습니다. 그녀와의 깊은 사랑은 스스로 망가뜨린 삶을 재생하던 활력소였으며, 자해성 마약중독자에서 트럼펫 연주자로 제기하던 원동력이었습니다.

내 인생을 되찾고 싶어요.

이게 내겐 마지막 기회잖아요.

쳇의 고백입니다. 그는 버드랜드*Bird Land*에서 마지막 제기를 위해 공연을 준비했습니다. 하지만 그는 연주를 더 잘하고 사람들에게 인정을 받아야만 하겠다는 강박관념에 사로잡혀 또 다시 마약에 손을 되었습니다. 그 일을 알아버린 제인은 결혼을 약속했던 목걸이를 건네주며 그 자리를 떠났습니다. 영화의 결말은 사랑과 일 중에서 무엇을 선택할 것인가를 쳇 베이커에게 묻고 있었습니다.

인생의 갈림길에서 사랑이냐 일이냐, 또는 사랑이냐 성공이냐의 선택은 참으로 모질게만 느껴졌습니다.

영화가 채 끝나기도 전에 둘은 헤어졌습니다. 하지만 나는 쳇이 그 순간의 선택을 후회하고 제인에게 다시 돌아갔을 것이란 추측성 결론을 내려 보았습니다. 제인의 사랑은 너무 아름다웠습니다. 그래서 쳇은 자신의 미련스러운 선택을 후회하고 제인에게 돌아갔을 겁니다. 제인의 사랑만큼 아름다운 게 세상에 있을까요. 인간은 일에서는 반복된 실수를 저지를 수가 있지만, 제인과 나누었던 사랑은 실수가 아니라 내 영혼의 호흡인 겁니다. 영화의 결말에선 그의 선택이 성공적인 결정인지는 끝내 알 수가 없도록 묘한 여운을 남겨 놓고 끝을 맺었습니다.

아마도 쳇 베이커는 사랑보다는 명예와 부를 선택했던 자신의 잘못을 후회하고 제인에게 돌아갔을 것이라는 짙은 기대감을 남겼습니다. 이런 생각은 끝내 쳇 베이커의 명예와 돈을 위한 선택이 행복하지는 않을 것이란 섣부른 판단을 불러냈습니다. 명예와 돈이 행복의 절대적인 선택 기준이 아니라는 것을 기억해야만 했습니다.

소
소
한

행
복

리
스
트

    나를 행복하게 만드는 것에 대해서는 누구보다도 내가 잘 압니다. 버킷리스트의 저자인 탄줘잉이 부러웠습니다. 그가 출판했던 위즈덤 하우스의 <살아 있는 동안 꼭 해야 할 49가지>는 행복의 결정판이었습니다.

    나이를 먹으면 많은 사람들이 아무런 의미도 없이, 묵묵히 지금까지 살아왔다는 못난 생각을 품었습니다.

    이런 말을 들으면 인생은 참 부질없다는 게 실감납니다. 왜 이런 이야기를 하는지 이제 짐작했을 겁니다. 버킷리스트는 인생을 행복하게 마무리하고 싶은 일들입니다. 죽기 전에 이것마저 못해보면, 지금까지의 삶은 겹겹이 후회만을 쌓아놓을 것만 같아서 반드시 실천해보고자 했습니다. 인생이 너무 억울해서 버킷리스트만은 꼭 해보고 죽어야만 하겠다는 사람들도 있습니다.

버킷리스트*The Bucket List*가 세상에 알려진 것은 2007년 잭 니콜슨과 모건 프리먼이 주연했던 코미디영화였습니다. 둘은 에드워드 콜과 카터 챔버스라는 둘도 없는 친구였으며, 말기 암환자였습니다. 카터는 죽기 전에 해보고 싶은 일들을 적어놓았는데, 자신의 생명이 일 년밖에 안남았다는 말을 듣고 버킷리스트를 버렸습니다.

우연히 에드워드는 그가 쓴 버킷리스트를 발견하고 둘이 세계여행을 떠날 것을 제안했습니다. 두 사람은 세계여행을 떠나서 곳곳을 방문했습니다. 그리고 홍콩을 거쳐 집으로 돌아올 때에 에드워드 콜은 딸과의 화해 문제로 카터 챔버스와 다툼이 일어났고 둘 사이의 버킷리스트는 끝이 났습니다. 하지만 카터가 끝내 죽었다는 말을 듣고 에드워드 콜은 딸과의 화해를 실행에 옮깁니다. 인간의 삶에 대한 잔잔한 여운이 감돌았습니다.

이 영화 때문에 죽기 전에 꼭 해보아야만 할 버킷리스트는 행복의 결정판과도 같이 세상 속으로 퍼졌습니다. 행복한 인생을 위하여, 곳곳에서 버킷리스트를 실천에 옮기는 이들이 나타났습니다.

어느 날 문득, 세상을 떠들썩하게 만들고 있던 버킷리스트라는 게 거창한 일은 아니라는 생각이 들었습니다. 우리 인생에서 못해본 일을 다시 도전하는 게 버킷리스트지만, 일일이 별도의 시간과 노력을 내서 꼭 해보아야만 할 만큼 거창한 일인가에 대해서는 의문이 든 겁니다. 저자인 탄줘잉의 말처럼 버킷리스트라는 게 특별한 일보다는 사소한 것에서 행복을 발견하는 일인 겁니다.

> 인생의 행복과 즐거움은
> 평범한 일상의 구석구석에 숨어 있습니다.
> 발걸음을 멈춰 길가의 경치를 바라볼 때,
> 우연히 길을 잃었을 때,

가까운 길을 오히려 돌아갈 때,

당신은 아름답고 신비로운

인생의 풍경들을 발견하게 될 것입니다.

- 탄쥐잉, <우리가 살아 있는 동안 꼭 해야만 할 49가지>, 위즈덤하우스, 2005 -

이렇게 말하고 보니, 버킷리스트는 내 인생을 가꾸는 행복 리스트입니다. 그러나 아무나 할 수는 없겠지요. 참된 용기도 있어야 하고 시간과 비용을 충당할 수 있을 만큼 여유도 있어야 합니다. 자기 인생에서 해보고 싶은 일들이 거창하지는 않아도 소소한 즐거움을 찾기 위한 노력도 필요합니다.

나는 조용히 책상에 앉아서 하얀 백지를 꺼내놓고 버킷리스트를 써 보았는데, 그렇게 한꺼번에 떠오르지는 않았습니다. 며칠씩 걸려서 버킷리스트를 작성해도 모두 채우는 일이 쉽지는 않았습니다.

그리고 또 어느 날에는 버킷리스트를 빗대어 행복 리스트를 적어 보았습니다. 나에게 행복감을 느끼게 했던 일들입니다. 행복했던 일들을 적어놓고 계속해서 이 일을 반복하면 현재보다 훨씬 행복해질 수 있을 것이란 기대감이 든 겁니다. 왜냐하면 그런 일들은 계속해서 반복해도 기분이 좋아질 테니까요.

하지만 행복 리스트를 적는 일도 쉽지는 않았습니다. 그만큼 내가 살아오면서 스스로 행복을 찾아본 일이 거의 없다는 이유일 겁니다. 그저 매번 바쁘다는 핑계를 대고 행복한 일들을 찾아보지를 못했습니다.

행복 리스트를 모두 작성하고 난 후에, 그 내용을 가만히 살펴보았더니 대부분 소소한 것들이었습니다. 내가 살아가면서 조금만 관심을 갖고 있었다면, 충분히 실천에 옮길 수 있는 일들이었습니다. 하지만 나는 그저 먹고사는 일이 바쁘다는 핑계를 대고 그 일을 제대로 실천하지를 못했습니다.

늘 바보처럼 말입니다.

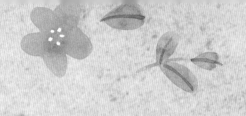

행복 고백서

나는 당신과 함께 행복했고 즐거웠으며,
당신과 동행했던 삶보다
더 좋은 삶을 알지를 못합니다.

당신과 함께했던 삶은
당신이 내게 남겨준 사랑으로
나는, 최고의 삶을 만들었습니다.

결국 행복이란 스스로 만드는 것이니까요.
당신이 내게 남겨준 삶으로
언제나 그래왔고
또 언제까지나 그럴 겁니다.

- *p.s.: 모지스 할머니의 글을 인용해서 쓰다. -

Part 3

키
워
야 할

행복

제9장

/

행복한 삶의 전제

단
한
번
뿐
인

인
생
의

맛

한 번만이 아니라 여러 번 인생을 살 수 있으면 어땠을까요? 생각은 자유라며 그저 말 같지도 않은 주장이라고 단정해도, 하지만 막상 한 번 사는 인생과 여러 번 사는 인생이 있다면 어떤 것을 선택하실 건가요?

저는 다다익선多多益善입니다. 여러 번 인생을 체험할 수 있다면 인생 자체가 각박하지도 않고 실수도 적을 것만 같았습니다.

그렇다고 제가 윤회론자는 아닙니다. 죽음 이후에 또 다른 환생이 있다는 것을 크게 달가워하지는 않습니다. 현재 주어진 삶을 충실하고 행복하게 사는 것을 중요하게 봅니다. 누구나 똑같이 한 번 밖에 못살잖아요.

하지만 한 번뿐인 삶이어도 실제 여러 번 사는 것처럼 살아가는 일이 가능하겠느냐는 겁니다. 물론 죽고 사는 것은 인간의 영역이 아닌 하나님의 고유영역입니다. 사람들은 아무리 용을 써도 한 번 밖에 못삽니다.

내가 궁금했던 것은 조금 어리숙하고 한 번뿐인 인생인데도, 여러 번 사는 것과 같이 능숙하게 살아볼 수 있는 방법은 없는가입니다. 별것 아닌 것 같아도 나이를 먹고 나면 꽤나 서글퍼지는 게 인생입니다. 왜 사람들은 단 한 번의 인생 코드로 설계되었는지, 온통 실수하고 부족한 대로 살아갈 수밖에 없도록 만들어졌는지 아쉽기만 했습니다. 그러다가 문득 이런 생각이 든 겁니다. 연령대별로 이런 삶도 살아보고 저런 삶도 살아보면 폭넓고 다채롭게 인생 이야기를 남겨 놓을 수 있을 것만 같았습니다.

딱 한 번뿐인 인생인데 이것저것 여러 번 사는 것같이 살아가는 것, 그렇게 살려면 다양한 일들을 체험하는 삶이 되어야만 했습니다. 그래야지만 완성도가 높은 삶의 경지에 올라갈 수 있다고 보았습니다. 외골수의 인생살이가 아니라, 폭넓고 다양한 삶을 체험할수록 더 많은 사람을 이해할 수 있을 것만 같았습니다.

하지만 생각이 이쯤 이르게 되니, 인생살이의 정체성 혼란이 발생했습니다. 내 안에 다채로운 삶의 체험들이 쌓여 있으면, 본연의 모습을 제대로 이해하지 못하고 혼돈에 빠질 수도 있었습니다.

그러자 왠지 변덕스럽게도, 한 번뿐인 인생을 살아가는 것도 결코 불행하게 느껴지지는 않았습니다. 조금 서툴고 미숙해도 실수와 부끄러움을 깨달으며 나에게 주어진 길을 겸손하게 살아가는 것도 훨씬 행복한 모습처럼 보였거든요.

그제야 하나님께서 인간을 조금 부족하게, 또한 한 치 앞을 내다볼 수 없도록 허물지게 만드신 의미를 깨달았습니다. 완벽하게 사는 인생이 있다면, 훨씬 더 외로울 것만 같았습니다. 인간은 서로 조금씩 부족한 부분을 채워주며, 오케스트라와 같이 주변 사람들과 화합을 이루며 살아가는 게 행복한 삶이었거든요. 혼자서 오케스트라의 전체 화음을 낼 수는 없었거든요.

그래서 완벽한 삶은 우리 인간들과는 전혀 맞지 않다는 것, 스스로 완벽하게 살려는 생각 자체를 내려놓는 것이 현명한 선택이라는 점이었습니다. 조금 부족하고 어리석어도 내 안에서 행복을 키워낼 수 있는 일들을 선택하는 것이 훨씬 인간미가 넘쳐났습니다.

시간 소비자의 행복

삶은 소유가 아니라 소비입니다. 아니나 다를까요. 소유는 우리에게 필요한 것을 지배하는 일이라면, 소비는 잃어버리고 소모하는 것입니다. 지나간 날을 생각하면, 허투루 낭비한 시간이 너무 많아서 못내 아쉬움만 긴 세월을 들이켰습니다.

시간 소비에 대한 미련이 너무 컸지요. 막상 돌이켜보니 내 인생을 제대로 살았던 것은 소유였지만, 쓸데없는 일에 파묻혀 낭비했던 것은 소비였습니다. 이런 인식을 통해, 확실히 깨달은 것은 삶이든 시간이든 잃어버리지 말고 충실하게 소유해야겠다는 지배의식입니다.

지금에 와서 돌아보면 우리 인생은 항구적이거나 영원하지는 않습니다. 기독교는 인생살이에 너무 미련 갖지 말라며, 나그네 인생이라는 말로 매듭지었습니다. 실제 지구라는 울타리 속에서 이방인으로 살아갔습니다. 이 땅의 삶은 나그네이고 본향인 천국*heaven kingdom*은 따로 있습니다.

자, 그럼 이제부터 어떻게 살아야만 할까요. 세상 주인인 것처럼 교만하거나 욕심내지 말며, 제한된 인생을 소비하지는 말아야 합니다. 헛되게 현재의 시간을 낭비하지는 말자는 것입니다. 아무런 목적 없이 현재의 시간을 낭비해서는 안 됩니다. 다소 서툴고 투박한 표현이라서 그렇지, 각자의 몫을 다하며 행복하게 살자는 것입니다.

그래야 시간 소비자의 인생을 살아갈 수밖에 없어도, 최소한 후회를 남기지 않는 삶을 살아갈 수 있습니다. 행복을 유산으로 남기기 위한 나그네 인생, 각자 행복하게 산 만큼은 인생 유산으로 소유할 수가 있는 겁니다.

노아 루크먼의 <플롯 강화>였습니다. 플롯은 글을 쓸 때에 좋은 역할을 수행합니다. 아이디어를 생성하고 기막히게 사건의 줄거리를 꾸며낼 수 있는 구조적인 방법이 플롯^{plot}입니다. 글의 짜임새를 만드는 얼개, 또는 구조가 플롯입니다. 급기야는 몰두해서 책을 읽던 중에 F. 스콧 피츠 제럴드의 말이 눈에 띄었습니다.

개인에서 출발하면 하나의 유형을 창조하게 된다.
유형에서 출발하면 아무것도 창조하지 못한다.

– 노아 루크먼, <플롯 강화>, 복복서가, 2021 –

너무 좋은 말인 듯하여 발췌했습니다. 이 말의 깊은 뜻을 이해하려고 한동안 생각을 몰입했습니다. 온전히 뜻을 새겨가며, 내 것으로 만들어야만 하겠다는 개별욕구가 일어났습니다. 그러나 한편으로 이에 대한 의미를 깨닫는 일이 간단하지는 않았습니다. 그 의미를 행복과 대입해서 풀어보고자 했는데 쉽게 다가오지를 않았습니다.

개인에서 출발하면 행복의 유형을 창조하게 된다.
유형에서 출발하면 아무런 행복도 창조하지 못한다.

무작정 행복과 대입해 보았습니다. 내게서 출발하면 행복의 유형을 창조할 수 있지만, 틀에 갇힌 유형에서 출발하면 아무런 행복도 창조하지 못한다는 명제였습니다. 이 말대로라면 개인의 행복을 창조하려면 기존의 어떤 유형에서도 출발하지 말라는 뜻입니다. 내게 맞는 독창적인 행복 유형을 발견하라는 의미로 다가왔습니다.

왜 이런 말로 행복의 의미가 풀어지던가요?
그 이치는 너무 어렵고 힘들었습니다.

오랜 기간 현실주의적인 우리의 인식체계는 돈이 많은 부자
가 행복하거나, 출세한 사람이 훨씬 행복할 것이란 하나의 유
형을 만들어놓았습니다. 하지만 조르디 쿠아드 박이 쓴 <행
복한 사람들은 무엇이 다른가>에서는 "모태솔로는 바람둥이
보다 행복하지 않다"는 색다른 연구 결과를 생성했습니다. 우
리가 보편적으로 생각하는 것과는 다른 결과를 낳았습니다.

또 다른 사례는 미국인과 동양인이 체감하는 행복의 정도
였습니다. 미국동화와 대만동화의 주인공을 예로 들었는데, 미
국동화에 등장하는 주인공은 훨씬 역동적이고 웃는 얼굴의 크
기도 대만동화의 주인공보다 15%는 크게 웃는다는 것입니다.

문화권마다 행복을 바라보는 관점이 다릅니다. 이것을 좀
더 대입하면, 행복은 일정한 틀을 짓고 규정하는 것보다는 훨
씬 더 개별적인 의미로 다가오는 경우가 빈번했습니다. 사회 내
의 일정한 틀보다는 개인 차원에서 다양한 행복들이 창조될

수 있다는 말입니다. 행복은 개인별 특성에 따라 매우 융통적이며, 일정한 틀 속에 갇혀 있지는 않았습니다.

　그만큼 행복의 재료는 문화권마다 다르고 사람마다 다를 수 있습니다. 그래서 일정한 형식을 취해서 행복의 형태를 결정짓는 것은 섣부른 오해를 불러올 소지가 컸습니다.

행복
노하우의
습득

　나이를 먹으면 좋은 일이든 슬픈 일이든 쌓이는 게 있습니다. 누구나 체험하듯이, 그것은 삶의 연륜과 정감입니다. 모두들 인생 체험을 늘려가고 싶어도, 좋은 지혜와 정감은 반사적인 이익과 같이 쉽게 얻을 수 있는 게 아닙니다.

　인생이라는 게 호락호락하지는 않습니다. 숱한 고난을 이겨내며 체화되어야 할 것들, 또한 부단한 노력으로 몸에 베여야 할 것들이 많았습니다. 매일매일 하나둘씩 쌓아가다 보면,

마침내 깊이 있는 지혜들이 내 안에 둥지를 틀고 자리를 잡았습니다.

그것은 노하우$^{know\_how}$입니다. 한 마디로 사전 경험을 통해서 얻게 된 산물이며, 언제라도 필요할 때 써먹을 수 있는 살아 있는 산 지식입니다. 무엇보다도 높이 사는 건, 사전 경험이 쌓일수록 이전보다 더 어렵고 복잡한 일도 손쉽게 해결할 수 있는 색다른 능력이 생겨납니다.

이런 점에서 단 한 가지 믿을 수 있는 게, 노하우는 자신의 인생 체험을 통해서 쌓아놓은 것이기 때문에 온전한 내 능력이기도 했습니다. 직접 눈에 보이지는 않아도, 인생 노하우를 통해서도 기쁜 일을 향유할 수가 있습니다.

행복한 일들을 계속하여 쌓아가면, 또한 행복한 일들을 만들어갈 수 있는 지혜를 얻을 수가 있다는 말입니다.

이 말은 행복을 누려본 사람들은 계속하여 행복을 찾고 배우며 누리기 위해 실천한다는 점입니다.

이런 점에서 행복을 키워내기 위한 노하우가 중요합니다. 심리학자들은 우리가 행복하기 위해서는 부정적인 감정보다 긍정적인 감정의 비중이 상대적으로 3배 이상은 많아야 한다고 주장했습니다. 늘 행복한 수준에 도달하기 위해, 우리에게 필요한 것은 매일매일 행복 노하우*happy knowhow*를 키워나가는 일입니다.

이게 인생 노하우입니다. 일상생활에서 부정적인 감정을 줄이고 긍정적인 감정을 상대적으로 높여나가는 일입니다. 점차 긍정적인 감정의 비중을 높여나가는 일들을 실천하는 것이 행복 노하우를 쌓아가는 방법입니다.

이쯤에서 한 번 짚고 넘어갈 일이 있습니다. 첨단과학이 발전하면서 이전과는 비교하기 힘든 사회적인 변화가 곳곳에서 일어났습니다. 그리고 시대변화에 발맞추어 가상 소설들이 인기를 끌었습니다. 최대한 상상력을 발휘해서 미래사회의 변화 형태를 그려냈습니다.

좀 더 우리 사회가 발전하면 있을 법한 일들입니다. 또한 이러한 상상들이 곧 우리에게 다가올 미래 변화라는 것에 대해 크게 의심하지는 않았습니다. 앞으로 다가올 미래사회는 인공지능을 갖춘 로봇들과 인간이 함께 공존하는 시대, 상상력 속에서도 이런 삶의 변화를 체감할 수 있는 SF공상소설은 천선란 작가의 <천 개의 파랑>입니다. 독자들에게 예기치 않았던 흥미와 감동을 선물했습니다.

　최근 천작가의 SF공상소설은 학부모와 청소년들 사이에서 인기를 끌었으며, 나도 궁금증에 이끌려 그녀의 책을 읽었습니다. 천 개의 파랑이라는 제목부터 유독 관심을 끌었습니다. 파랑은 비가 온 뒤의 맑게 갠 하늘, 또는 멀리서 출렁이듯이 밀려오던 바닷물의 짙은 빛깔 색입니다. 빨강과 파랑과 노랑은 삼원색의 기본 바탕이며, 영원성을 상징하고 호감과 신뢰, 우정을 뜻하는 하늘과 바다 빛깔의 색감입니다.

　하지만 실제 소설 속의 주인공은 천 개의 단어밖에 사용할 줄 모르는 로봇 콜리였습니다. 로봇 제작을 담당하던 실험실 연구원의 실수로, 뜻밖에도 콜리의 지능체계에는 인간의 단어 천 개가 심어졌습니다. 그는 제한된 단어를 사용하는 반쯤 나사 풀린 로봇으로 태어났습니다.

　그러나 콜리는 만나는 사람들마다 따뜻한 위로의 말을 전했습니다. 전혀 나쁜 단어는 사용할 줄을 몰랐습니다. 수천수만 개의 단어를 사용할 줄 아는 지능적인 사람들보다도 커다란 위로를 주변 사람들에게 안겨주었습니다. 냉정할 것만 같았던 로봇 콜리의 입에서는 사람들을 위로하고 배려하는 아름다운 말들이 쏟아졌습니다.

인간미를 상실하고 자기합리화에 푹 빠져 있는 우리에게 콜리의 언어사용은 감동적이었습니다.

고작 어눌한 말 몇 개를 사용해서 상대방을 위로할 수 있는 점은 풍부한 지식을 소유하는 것과는 다른 차원이었습니다. 콜리의 언어사용은 다른 사람들의 뼈아픈 사연을 배려하고 있다는 점에서, 비록 천 개의 언어를 사용하고 있어도 늘 따듯하고 행복한 말들로 가득 찼습니다.

> 천 개의 단어만으로 이루어진 짧은 삶을 살았지만 처음 세상을 바라보며 단어를 읊었을 때부터 지금까지, 내가 알고 있는 천 개의 단어는 모두 하늘 같은 느낌이었다. 좌절이나 시련, 슬픔, 당신도 알고 있는 모든 단어들이 전부 다 천 개의 파랑이었다.
>
> – 천선란, <천 개의 파랑>, 허블, 2020 –

우리에게 언어습관은 매우 중요했습니다. 내가 인생에서 마주하던 기쁨, 설렘, 즐거움이나 좌절, 고난, 시련, 슬픔과 같은 것들이 파란 하늘과도 같다는 생각이 들었습니다. 인간의 언어사용은 해박하고 유식한 것보다 상대방을 배려하고 있는 따뜻한 언어사용이 나를 더욱 행복하게 만든다는 것입니다.

이러한 언어사용의 지혜를 직관했던 시인이 있습니다. 그분은 성베네딕도 수녀원의 이해인 수녀입니다. 우리가 스스로 '행복하다', '고맙다', 또는 '아름답다'라고 말을 하면, 그런 말들은 나를 키우는 또 다른 자양분이 된다는 것입니다. 아무리 제한된 언어사용이라도 이런 말들은 나를 키울 수 있는 행복의 소스였습니다.

나를 키우는 말

이해인

행복하다고 말하는 동안은
나도 정말 행복해서
마음에 맑은 샘이 흐르고

고맙다고 말하는 동안은

고마운 마음 새로이 솟아올라
내 마음도 더욱 순해지고

아름답다고 말하는 동안은
나도 잠시 아름다운 사람이 되어
마음 한 자락이 환해지고

좋은 말이 나를 키우는 걸
나는 말하면서 다시 알지

– 이해인, <나를 키우는 말>, 시인생각, 2013 –

시인의 통찰력은 놀랍습니다. 행복하다고 말하는 동안 나도 정말 행복해지고 내 마음에는 맑은 샘물이 흘러가며, 고맙다고 말하는 동안 내 마음은 더욱 순해지고 고운 감정들이 넘쳐나며, 아름답다고 말하는 동안 아름다운 사람이 되어 내 마음을 환하게 밝힌다는 것입니다.

그래서 우리는 늘 행복한 언어사용을 길들여야 합니다. 한결같이 긍정적인 언어습관이 머물도록 '행복하다', '고맙다', '아름답다'라는 좋은 언어들로 내 생활을 채워나가야 합니다. 그게 내 생활에서 행복을 가꾸는 일입니다.

제10장

우연히 만난 행복 에피소드

아
빠
보
고
꼰
대
라
니
요

나이를 먹으면 어쩔 수 없는 일인가요. 어느 날, 큰딸이 친구 이야기를 꺼내서 잠시 브레이크^{brake}를 걸었습니다. 신중하게 친구를 만나는 일도 좋지만, 그것 못지않게 자기 인생을 지혜롭게 살아가라는 조언을 하고 싶었습니다.

그러나 갑자기 큰딸의 입에서 흘러나온 이야기는 아빠를 섬짓하게 만들었습니다.

아빠, 그렇게 말하면 사람들이 꼰대라고 해요.

잠시 생각부터 가다듬었습니다. 딸과의 연애관에서 뚜렷한 차이를 느꼈습니다. 나는 생계형 연애관을 갖고 있다면, 딸은 관계지향적인 연애관을 갖고 있었습니다. 나의 생계형 연애관은 적정한 나이를 먹고 남녀가 연애하는 것은 좋은데, 그 일로 자신의 꿈과 미래를 포기하는 일은 좋지 않은 선택이라는 관점입니다. 먹고 사는 일까지 등한시하며 연애하는 것은 좋게 보일 리가 없었습니다.

그런데 큰딸은 먹고사는 것보다 친구와의 관계를 중시했습니다. 세대 간의 차이보다는 인생 경륜에서 오는 연애관의 차이라고 본 겁니다.

그리고는 얼른 꼰대라는 말을 인터넷에서 검색했습니다. 꼰대는 아버지나 교사 등 나이 많은 남자를 비하하던 속어였습니다. 가부장 제도가 낳은 남자 중심의 구태의연한 사고방식과 틀에 박힌 행동 체계였습니다. 낡고 시대착오적인 행동 방식을 일삼는 사람을 꼰대라고 불렀으며, 자기중심적인 이야기를 줄줄이 늘어놓는 행동을 꼰대질이라고 단정했습니다. 말의 어원은 프랑스어 꽁테*comte*에서 유래했고 그 의미는 귀족 신분인 '백작'을 뜻했습니다.

하지만 꼰대는 자신의 경험치를 최고 높게 평가했으며, 이를 다른 사람들에게 무작정 강요했습니다. 이런 행동들은 "감히, 내가 누군 줄 알아", "니가 뭘 안다고", "내가 대리 때는 말이야", "주제 파악도 못하고 까불기나 하고" 등과 같이 자기중심적인 말과 행동을 쏟아냈습니다. 상대방에 대한 배려와 예의는 전혀 없었습니다.

나는 그런 말들을 딸에게 사용한 적이 없었는데, 갑자기 꼰대라는 말을 듣고는 너무 억울했습니다.

그리고 이런 인식 차이는 늙은 사람과 젊은 사람 간의 세대 차이에서만 발생하는 현상이 아니며, 이를 반증하는 문화 형태가 꼰대라고 규정했습니다. 인터넷 서칭*internet searching*을 하다가 개인 블로그에서 읽었던 뜻밖의 이야기였습니다.

대기업 늙꼰 피하려다 판교 젊꼰 만났다.

서울 강남 쪽에서 위계적인 대기업 생활을 할 때에 늙은 상사의 갑질이 꼴 보기 싫어 스타트 기업으로 자리를 옮겼습니다.

그런데 그곳에서도 직장 내 젊은 상사의 괴롭힘을 톡톡히 체험했다는 사례였습니다. 이런 꼰대 짓은 나이가 많든 적든 관계가 없었습니다. 꼰대 짓은 나이를 불문하고 상대방을 업신여기거나, 일방적으로 자기 생각만을 옳다는 식으로 주입 시키는 강압적인 행동 성향입니다.

흔히 꼰대 짓은 자기 잘난 맛에 사는 사람들의 행동 방식입니다. 이런 이유 때문이라도, 나는 딸들에게 꼰대로 평가받고 싶지는 않았습니다. 아빠의 자격으로 세대 차이를 뛰어넘는 공감 역량을 발휘하고 싶어서, 인생 경험에서 우러나오는 생계형 연애관을 꺼내 들었습니다.

세상 아빠들은 딸들에게 소중한 인생 경험을 보물처럼 나누어주고 싶은 게 솔직한 마음입니다.

그런데 꼰대라니요. 그 소리를 듣고 너무 서러워서 소리도 못 내고 울먹거릴 뻔했는데, 곰곰이 이것저것 따져보니 나는 꼰대가 아니었습니다.

잠시 더 생각해 보았더니, 그래도 큰딸은 아빠가 꼰대스러운 게 싫었는가 봅니다. 이렇게나마 스스로 다독거리고 나니, 입가에는 멋쩍은 듯이 미소가 흘렸습니다. 내가 꼰대가 아니면 된 거지, 주변 이야기 때문에 마음의 상처를 입지 말자며 나를 다독거렸습니다. 괜한 미련 때문에 스스로 상처받을 이유가 없었습니다.

못난 동물적인 습성의 치유

　사소한 이야기도 경이로울 때가 있습니다. 사람마다 보물과도 같은 이야기를 한두 개는 알고 있습니다. 우연히 삶의 귀감이 될만한 좋은 이야기를 듣게 되면, 그 이야기의 결말 부문에 대해 더욱 궁금해졌습니다. 결말을 꼭 알고 싶기 때문입니다.

　나는 지금 살고 있는 치악산 자락으로 이사 온 지 몇 년이 지나니까, 이제는 제법 갈 곳도 있고 함께 어울릴 수 있는 친구들도 생겼습니다. 그만큼 원주와는 깊은 인연이 계속하여 이어지고 있는 것이지요. 나는 원주문화재단과 강원문화재단의 후원을 받고, 지난 몇 년간 써놓았던 시와 글들을 엮어 <원주중앙시장>, <둥근 고을에서 산 하루>, <예수제자학교>라는 책을 펴냈습니다. 그래도 몇 년에 걸쳐 서너 권의 책을 출판했으니, 헛되게 산 것은 아니라며 나를 위로했습니다. 그리고 활달하고 씩씩한 분을 만났습니다. 인근 교회를 다니시던 분인데, 개별적으로 시집을 부탁해서 배달을 갔습니다. 잠시 커피숍에서 함께 대화를 나누었습니다. 그때에 주일 날, 목사님께 들었던 설교 이야기를 꺼내놓았습니다. 인간의 마음에는 일곱 가지의 좋지 않은 동물적인 본성이 들어앉아 있습니다. 좋지 않은 본성들은 우리 안의 못난 습성인데, 이런 습성들은 거북이, 호랑이, 돼지, 공작, 뱀, 염소, 그리고 개구리였습니다.

- 거북이 – 게으름
- 호랑이 – 성냄, 화
- 돼지 – 탐욕
- 공작 – 잘난 척
- 뱀 – 술수, 모사
- 염소 – 음란

• 개구리 - 수다

– "설교 예화" 中에서 발췌 –

잠시 대화를 나눈 후에, 한동안 내 안의 동물적인 습성들을 새겨보았습니다. 더 이상 말할 것도 없이 내 안에 웅크리고 앉아 있는 일곱 마리의 못난 습성들입니다. 비유적인 표현이라도, 내 안에 자리 잡은 동물적인 습성들은 서로 강도가 달랐습니다. 지금까지 이런 못난 습성들은 힘겹게 해결한 것도 있지만, 여전히 강한 강도를 갖고 나를 짓누르고 있는 동물적인 습성들도 남아 있었습니다. 깊이 스며든 그림자처럼 쉽게 지워지지 않고 꿈틀거리던 습성이었습니다. 아직도 꿈틀거리는 동물적인 습성들은 화를 잘 내는 호랑이, 잘난 척하는 공작, 음란한 염소였습니다. 그나마 다행인 것은 게으른 거북이, 탐욕스러운 돼지, 모사스러운 뱀, 수다스러운 개구리의 못난이 성향은 꽤나 해결했습니다. 하지만 분노와 잘난 척과 음란함은 온전히 해결하지를 못했습니다. 이 문제들을 해결하지 못하면, 더 이상 내 삶에서 행복 사이즈를 늘려가는 일이 쉽지는 않을 듯싶었습니다.

반려동물과의 뜨거운 감정

　　사람과 동물의 뜨거운 공존 시대입니다. 사람들은 점점 인간성을 상실한 험난한 사회구조에서 이기적인 개별성향으로 변해가고, 반려견은 사람과 같이 대접받는 공존 시대가 펼쳐졌습니다. 1인 가구가 늘어나고 반려견과 생활하는 사람들이 많아졌으며, 사람들에게 꼬리를 흔들며 애정과 친근감을 자아냈습니다.

　　그만큼 예전과는 달리, 사람에게 의존하던 때와는 다른 가정 풍경들이 만들어졌습니다.

사람보다 개나 고양이 등 반려동물을 더 많이 의지하는 공존 시대를 맞이했습니다.

어쨌든 우리 집에도 딸들 덕분에 반려견을 키웠습니다. 한데 도무지 이해하기 힘든 일이 있습니다. 그것은 반려견과 함께 생활할 때, 서로의 관계를 어떻게 정리하는 게 좋은 것인지를 판단하기는 어려웠습니다. 반려견을 사람처럼 대하는 것이 옳은 것인지, 동물인 개와 같이 대하는 것이 옳은 것인지에 대한 입장 정리였습니다.

나는 사람은 사람답게, 반려견은 반려견답게 서로의 생활방식을 인정하는 게 가장 이상적이라고 보았습니다.

이를테면 반려견은 사람들과 함께 생활하면서 정신적·육체적 도움을 주고받는 강아지입니다. 이전에는 애완동물愛玩動物이라고 불렀는데, 이런 호칭은 동물복지권을 침해한다는 이유로 동물애호가들 사이에서 반려견으로 부를 것을 조언했습니다. 그 이유는 애완견은 인간의 즐거움을 위해 가까이에서 사육되는 동물이었습니다.

하지만 다행히도 1983년 10월 오스트리아 빈에서 열린 국제

심포지엄에서 사람과 더불어 살아가는 동물이라는 뜻에서 반려동물*companion animal*이라는 명칭을 처음 사용했습니다. 그저 귀엽고 예쁘기만 한 동물이 아니라 가족처럼 서로를 생각하며 가까이에서 보살피는 동물이 반려동물입니다. 사람과 더불어 살아가는 동물입니다.

그런데요. 몇십 년 전의 어릴 때를 생각하면 반려동물이라는 말 자체가 생소했습니다. 과거에는 개를 키워도 담장 안쪽에 묶어놓고 집을 지키거나 식용용으로 키웠습니다. 마치 자식처럼 생각하며 집안에서 키운 것은 얼마 되지를 않았습니다.

물론 나 또한 반려견에 대한 관심이 높아지면서 동물보호와 관련된 권리를 주장합니다. 가족처럼 친근감을 갖고 반려견을 키우는 사람들도 있지만, 그저 식용동물로 무자비하게 다루는 사람들도 있습니다.

이런 잔인한 사람들의 행동에 대하여, 하재영 작가는 <아무도 미워하지 않는 개의 죽음>에서 무자비한 동물 학대 현장을 적나라하게 고발했습니다. 전국적으로 끔찍하게 자행되고 있는 동물 학대 현장을 취재했습니다.

어쩌라고? 그것들은 동물이잖아.

타자의 고통은 언제나 추상적이다.

동물이 겪는 고통이라면 더더욱 그렇다.

– 하재영, <아무도 미워하지 않는 개의 죽음>, 창비, 2018 –

아무리 안타까워도, 타자의 아픔까지 헤아리기에는 인간의 마음이 넉넉하지를 못합니다. 다른 대상의 아픔을 구체적으로 이해하지 못했으며, 막연히 아쉬움을 공감하는 수준이었습니다. 내가 처음 키웠던 강아지는 쿠우였습니다. 서울에서 함께 살았던 강아지였습니다. 그 애를 떠나보내고 난 후, 나는 3개월 이상 공허 속에 떨어야만 했습니다. 내게 다가왔던 이별의 슬픔은 신神의 가혹한 징계라는 냉정한 생각까지 품었습니다. 그리고 두 번 다시는 반려견을 키우지 않겠다며 다짐했습니다.

그러나 또다시 키우게 된 반려견 이름은 연탄이 입니다. 생긴 모양새가 까맣다는 뜻에서 '연탄'이라고 부릅니다. 우리 집 반려견 연탄이를 볼 때면, 안도현 시인의 "연탄재를 함부로 차지 마라 너는 누구에게 한 번이라도 뜨거웠던 사람이냐"라는 시를 기억하곤 했습니다. 나에게 그 이름은 이렇게 속삭이듯이 들려오곤 했습니다.

반려견이라고 함부로 무시하지 마라,
너는 가족들에게 한 번이라도 다정했던 사람이냐.

공원으로 산책가면 반려견들이 사람에게 안겨주는 행복감은 매우 뜨겁습니다. 사람들과 이기적인 삶의 껍데기를 나누는 것보다는 반려동물들과 함께 솔직하고 친근한 감정을 나누는 모습들이 훨씬 다정해 보입니다. 사람보다는 반려동물들과 더 많은 정감을 나눕니다.

요즘은 사람보다는 반려동물과 함께 생활하려는 사람들이 월등히 많아졌습니다.

아
주
특
별
한
만
남

안타까운 사연은 눈물이 납니다. 부모-자식 간의 인연 문제였습니다. 이런 무게감을 풀어보기 위해 종교 차원에서는 윤회설, 또는 인연설을 주장합니다. 애틋한 부부간의 인연, 또는 부모-자식 간의 특별한 만남은 숱한 인연들이 현생에서 모인 결과라며 해석했습니다. 이런 견해를 갖고 있는 사람들은 옷깃만 스쳐도 인연이라고 말합니다.

하지만 숱한 사람들과의 인연을 눈여겨보면 좋은 만남과 나쁜 만남으로 구별할만했습니다. 좋은 만남이란 그저 현실 세계에서 만났다는 것 그 자체만으로도 행복했지만, 나쁜 만남이란 불행한 결과를 발생시키는 일들이 끊임없이 일어났습니다.

이런 인연은 불편한 인간관계였습니다.

그러나 만남 그 자체를 행복한 인연으로 취급하며, 그 자체만으로도 행복을 느끼는 경우였습니다. 다른 외적 조건들보다 만남 그 자체를 소중하게 여겼습니다.

> 좋은 인연을 만나 행복합니다.
> 당신을 만나 좋은 마음을 나누며
> 웃을 수 있다면 더 이상의 생각들은 않기로 했습니다.
>
> — 김선현, "좋은 인연" 中에서 발췌 —

그만큼 좋은 인연을 만나는 것은 행복의 또 다른 사례입니다. 하나의 가족이 되는 것은 종교 차원에서 보면 보통 인연이 아닙니다. 가족은 절대 소홀히 취급해서는 안 되는 존재이며, 자기 생명까지도 손쉽게 나눌 수 있는 소중한 관계인 겁니다.

그러나 어쩌다가 한계상황까지 다다랐는지, 일부 가족사를 보면 너무 가슴 아픈 사연들이 넘쳐났습니다. 하필이면 그런 상황까지 몰려갔는지 가슴이 먹먹하고 슬퍼졌습니다. 어디 쉬운 선택일까만은 온누리교회의 감성매거진을 보며, 답답한 마음을 감출 수가 없었습니다.

> 아이를 20만 원에 판다는 글이 올라왔다. 지난 2019년 10월 국내 중고물품거래 애플리케이션에는 두 눈을 의심하게 만드는 게시 글이었다. 강보에 싸인 아이 사진 2장과 함께 올라온 이 글은 제주도에 사는 미혼모가 올린 글이었다.
>
> – 온누리교회, <감성매거진>에서 발췌 –

급기야는 제주도에 살던 미혼모는 하늘이 맺어준 부모-자식 간의 인연을 끊으려고 했습니다. 그녀는 산후조리 과정에서 아이를 양육하는 일이 두렵고 막막하기만 했습니다. 하물며 아이를 입양할 수 있는 적당한 복지기관을 찾아보았는데, 그 절차가 너무 까다롭고 오래 걸려서 아이를 중고물품거래사이트에 올려놓았습니다.

너무 슬픈 미혼모의 가족사였습니다. 그렇긴 하지만 아무리 그래도 미혼모의 심정까지는 헤아리기가 힘들었습니다. 결국 그녀의 두려움은 경제적인 어려움보다는 사회적인 시선이었습니다. 그러니까요. 끝내 모든 사연을 다 읽을 때까지 제 마음은 석연치 않았습니다.

이런 안타까운 일들을 국가나 사회가 함께 책임질 수 있으면, 참 좋겠다는 생각이 듭니다. 국가나 사회가 강 건너 불구경하듯이 수수방관하는 태도가 아니라 개별 국민의 어려움 하나하나를 남의 일이 아닌 내 일로 받아들이고 해결하자는 것입니다. 그러면 사회구성원들이 비참한 최후 상황까지는 떠밀려가지 않아도 될 듯 싶습니다. 국가나 사회가 복지기반 시설을 잘 갖추고 있다면 해결 가능한 일입니다. 그렇다면 사회구성원들이 훨씬 안정적이고 행복한 삶의 혜택을 누릴 수가 있습니다.

우리 모두의 행복 수준을 높이기 위해서는 최소한 국가나 사회의 역할 보장이 충분해야 합니다.

쾌락적인 행복 문화의 지속성은 한계가 있습니다. 괴기영화를 보며 무더운 여름밤을 시원하게 보내고자 했습니다. 섬뜩한 장면들은 불쾌감을 자아내기보다는 모든 영화의 줄거리가 끝나면 기분이 좋았습니다.

여기까지는 영락없이 말초신경을 자극하던 쾌락적인 대중문화였지요. 하지만 대중문화의 흐름은 사람들의 의식 속에 묘한 기류를 남겼습니다.

예전에는 컴컴한 밤중에 으스스한 무덤에서 귀신이 벌떡 일어나 사람들에게 복수하던 장면이 괴기영화의 대세였습니다. <전설의 고향>이라는 대중매체의 영향력 때문이었는지, 볼 때마다 감동보다는 섬뜩함을 느꼈습니다. 그런데 지금 다시 전설의 고향을 보면 왠지 유치했습니다.

오늘날에는 으스스한 귀신 이야기를 꺼내면 거의 씨알도 먹히지를 않습니다. 영원히 죽지 않는 인간의 시체^{undead}, 생김새도 괴상하고 한심해 보이는 괴물 이야기를 꺼내야만 사람들의 호기심을 자극했습니다. 바로 좀비입니다. 몇십 년 전까지만 해도, 한여름 밤의 대중문화는 무덤에서 관 뚜껑을 열고 나오던 귀신영화, 또는 꼬리가 아홉 개인 구미호였습니다.

그래서일까요. 전체 이야기의 전개 과정은 참 요란했습니다. 구미호, 또는 귀신영화와 같은 초자연적인 현상들이 주류였습니다. 오히려 좀비와 몬스터보다는 도깨비, 저승사자와 같은 전설적인 이야기들이 주요 소재였습니다. 그러나 아무리 영화라지만 갑작스럽게 부산행 열차의 좀비 이야기, 좀비에 의해 전복당한 대한민국, 조선시대 창궐했던 좀비와의 전쟁 등 어느새 대한민국은 좀비 왕국이 되어버렸습니다.

오죽하면 서양 귀신이 한국 토종 귀신을 이겨버린 것만 같았습니다. 이제 토종 귀신 이야기는 하도 써먹어서, 사람들에게 식상한 감도 없지는 않았나 봅니다. 좀비*ombie*는 부두교에서 태어난 서양 귀신입니다. 서양에서는 귀신보다는 몬스터*monster*에 가까운 괴물 시리즈가 각광을 받았습니다. 좀비는 귀신보다 괴물에 가까웠고, 동양과 비교할 때는 도깨비에 훨씬 가까웠습니다. 좀 더 자료를 조사했더니, 부두교는 아프리카 토속 신앙을 기반으로 한 아이티의 부두교와 미국 뉴올리언스의 부두교 두 가지 종교집단이 출처였습니다. 유럽에서 부두교는 악마의 종교집단으로 인식했으며, 이러한 배타적인 종교의식에는 좀비라는 인간 괴물을 유산으로 남겨 놓았습니다. 사실 좀비와 비슷한 개념의 괴물들은 구울*Ghoul*, 언데드*Undead* 등이었습니다. 구울은 아랍 신화에 등장해서 사람들을 잡아먹는 식인 괴물이었으며, 한국어로는 '식시귀食屍鬼'에 해당했습니다. 이들은 '아라비안나이트'라 불리는 <천일야화>에도 등장했습니다. 또한 언데드는 죽은 뒤 초자연적인 힘으로 움직이는 불멸의 존재였습니다.

조사 자료에 따르면 19C 말에 브램 스토커가 드라큘라

*Dracula*라는 말을 처음 사용했습니다. 이 용어가 확장되어 뱀파이어를 만들어냈으며, 이후에 미라, 구울, 리치, 강시, 유령, 좀비 등 초자연적 모습으로 변모했습니다. 존재하지도 않는 상상 속의 이야기들이 사람들의 생각과 의식을 지배했습니다.

상상 속의 괴물 시리즈가 섬뜩하고 행복한 영상문화를 창조했습니다. 하지만 여기서 우리가 생각할 점은 사람들에 의해 창조된 문화가 사람들의 생각과 의식을 지배하는 울타리가 된 것입니다. 문화 의식이 생각을 지배할 경우, 문화창조 능력은 지극히 제한받았습니다. 창조된 문화가 우리 의식을 지배할 수 있다는 것은 새삼스러운 주장이 아닙니다.

우리가 특정 유형의 행복 문화를 만들어내면, 그 문화의 확산과 전이는 구성원의 잠재의식을 지배했습니다. 쾌락적이며 돈도 많고 사회적으로 성공해야 행복하다는 것은 좀비 문화와 같이 행복 의식을 지배하는 영향력이 컸습니다. 이래야 행복하고 저래야 행복하다는 의식보다는 내가 진정 행복할 수 있는 문화 형태가 무엇인지를 깨닫는 게 중요합니다.

그래야만 진정한 삶의 의미를 찾아서 한걸음 씩 행복한 삶의 여정을 열어갈 수가 있습니다.

제11장

내게 있는 행복의 근원

가난한 시인의 행복

　시를 좋아합니다. 이렇게 좋아하게 된 것은 짧은 시구 속에 인생을 관조하고 다양한 삶의 형태를 풀어내는 시인의 놀라운 통찰력이 담겨 있습니다. 나뿐만 아니라 다른 사람들도 시를 좋아했습니다.

　또한 자신들이 쓴 시를 선보였습니다. 시를 쓰는 사람은 서툴고 부족해도, 다른 사람들과도 자신이 쓴 시를 나누려고 했습니다. 이런 기대감 때문인지, 나도 어릴 때부터 무작정 시인이 되는 꿈, 수필 작가가 되는 꿈, 그리고 박사학위를 받는 꿈을 꾸었습니다. 세 가지 꿈을 모두 이루면 황금빛 찬란한 길, 또는 시온의 대로와 같은 인생길을 걷게 될 것이라며 한껏 기대감이 부풀어 올랐습니다. 하지만 예상 밖이었습니다. 나는 2012년 남도지방의 <문장21>이라는 전국문학지에서 시인으로 등단했고 2014년 서울 소재의 <문학광장>에서 수필 작가로 등단했으며, 또한 1999년에는 지방 국립대에서 박사학위를 받았습니다.

줄곧 글을 써서 먹고사는 소원이었습니다. 내가 체험한 문학인은 가난한 글쟁이라는 말이 딱 들어맞았습니다. 하지만 이런 가난 속에서도 깊이 감사할 것이 있습니다. 내 글이 누군가에게 위로가 되고 다른 사람들과 넉넉하게 공감할 수 있다면 그건 행복입니다. 글쟁이의 삶은 가난해도 그 속에는 행복이 감추어져 있습니다.

매일 새벽부터 일어나 글을 쓰고 다듬는 현실 생활은 고단하고 힘들어도 좋은 글을 쓰겠다는 다짐을 늘 붙잡고 살아갑니다. 이런 뜻에서 신경림 시인의 '가난한 사랑의 노래-이웃의 한 젊은이를 위하여'라는 시를 읊어볼까요.

가난하다고 해서 사랑을 모르겠는가
네 볼에 와 닿던 네 입술의 뜨거움
사랑한다고 사랑한다고 속삭이던 네 숨결
돌아서는 내 등 뒤에 터지던 네 울음
가난하다고 해서 왜 모르겠는가
가난하기 때문에 이것들을
이 모든 것을 버려야 한다는 것을

– 신경림, <가난한 사랑의 노래>, 실천문학사, 2005 –

어떤가요. 기막히지요. 시인은 가난했기 때문에 사랑을 포기했던 경험이 있는 듯했습니다. 단편적인 생각일 수는 있어도, 직접 이별의 체험을 노래한 시가 '가난한 사랑의 노래'라는 생각입니다. 한양대 국어교육학과의 정재찬 교수는 이 시를 놓고 사랑이 갖고 있던 만고불변의 진리를 깨닫게 하는 시편이라며 극찬했습니다. 이쯤 되면 더 이상 떠들 것도 없이 한 편 더 읊어보아야겠지요. 홍수희 시인의 '행복한 결핍'입니다. 그립고 서글픈 현실 상황이 시인의 비유적인 문학성에 파묻혀 행복으로 둔갑한 비결입니다. 행복과 관련된 아름다운 시를 접하는 것은 쉽지 않았습니다.

그러고 보니 행복이다

만나고 싶어도 만날 수 없는
사람 하나 내게 있으니
때로는 가슴 아린
그리움이 따습기 때문

그러고 보니 행복이다

주고 싶은 마음 다 못 주었으니
아직도 내게는
촛불 켜는 밤들이 남아 있기 때문

그러고 보니 행복이다

올해도 꽃을 피우지 못한
난초가 곁에 있으니
기다릴 줄 아는
겸손함을 배울 수 있기 때문

그러고 보니 행복이다

내 안에 찾지 못한 길이 있으니
인생은 지루하지 않은

여행이기 때문
모자라면 모자란 만큼
내 안에 무엇이 또 자라난다

그러고 보니 행복이다

- 홍수희, "행복한 결핍"에서 발췌 -

　사람들은 때론 만나고 싶어도 만날 수 없는 사람 하나 있으니 가슴 아린 그리움이 따습기도 하고, 주고 싶은 마음을 다 못 주었으니 아직도 촛불 켜는 밤들이 남아 있으며, 올 한 해도 꽃을 피우지 못한 난초를 보며 기다릴 줄 아는 겸손을 배울 줄도 아는 겁니다. 그리고 내 안에서 찾지 못한 길이었지만, 인생은 지루하지 않은 여행이기 때문에 모자라면 모자란 만큼 불쑥불쑥 자라나는 것은 무엇입니까? 그게 행복이라는 겁니다.

　아니 행복하답니다. 세상일은 내 뜻대로 되지 않는다는 것쯤을 이미 알고는 있습니다. 미련스러운 글쟁이의 삶은 글을 쓸 수 있다는 이유만으로도 행복했으니까요. 그게 모든 것을 채우지 못한 결핍된 우리들의 삶 속에서도 행복을 누릴 수 있는 비결이겠지요.

빨간 우체통의 사랑

이런 말부터 꺼내려니까, 죄송한 마음부터 듭니다. 나는 지식인 중에 무척 좋아했다가, 한동안 싫어했다가, 또다시 좋아하게 된 분이 있습니다. 변덕스럽게도 그때에는 왜 그랬을까를 생각하면, 어릴 때는 그분의 놀라운 지적 혜안에 마음을 빼앗겨 작가가 되고 싶었습니다.

하지만 내가 기독교인이 되고 난 이후, 그분의 글에서 기독교를 억지스럽게 바라보던 지적인 시선들 때문에 거부감을 느껐습니다. 자신의 문학성을 드러내기 위해 기독교를 폄하 한다는 얼토당토않은 주장이라며 비난했습니다.

그런데 그분은 갑자기 기독교인으로 개종했습니다. 더욱이 그분의 딸인 이민아 목사님의 간증 이야기를 듣고 다시 좋아했습니다. 이렇게 보면 저도 편협한 기독교 중심주의자입니다. 맞습니다. 문학성보다는 기독교적인 영성이 삶의 기반이 되어야만 한다고 주장합니다. 지성보다는 영성을 채우는 일이 훨씬 행복하게 살 수 있는 조건이라고 말합니다. 학력 수준이 낮아도 많이 배운 지식인보다 행복하게 사는 사람들을 숱하게 보았습니다. 그게 증거입니다.

내가 변덕스럽게 좋아했던 분은 국보급 지식인으로 앞에서도 다루었던 이어령 교수님입니다. 나는 또다시 그분의 책을 감동적으로 읽었습니다. 이 책에서 두 번씩이나 그분의 글을 인용한 것은 존경의 뜻이기도 합니다. 그분은 암 선고를 받고 죽음의 순간까지도 전혀 두려워하지를 않았습니다.

요즘 감동적으로 읽었던 글은 빨간 우체통입니다. 빨간 우체통 하면, 우선 여중 여고생들이 군인 아저씨에게 편지를 쓰던 일부터 생각났습니다. 단풍잎이 붉게 물든 가을 정취를 느끼며, 고운 마음을 담아 편지를 쓰고 싶었는지도 모릅니다. 낭만적인 추억의 향수를 담아낼 수 있는 것이 빨간 우체통입니다. 이이령 교수님은 딸 이민아 목사님에게 아빠의 마음을 전달했습니다.

> 지성에서 영성으로. 너의 기도가 높은 문지방을 넘게 했다. 가족만이 아니다. 너는 법정에서 그동안 죄지은 불쌍한 젊은이들의 영혼을 구하기 위해서 애써왔다. 이제는 법의 힘이 아니라 하나님에게서 받은 사랑과 은총의 힘으로 가난한 이웃, 애통하는 사람들과 함께 동행해야 할 것이다. 힘든 길이겠지만 걱정하지 마라. 이제 네 스스로 인정한 것처럼 혼자가 아니다. 그래 함께 가는 거다. 아버지의 이름으로, 사랑하는 모든 사람들의 이름으로 약속한다.
>
> – 이어령, <지성에서 영성으로>, 열림원, 2017 –

아빠의 마음이 눈물겹게 드러난 곳은 "너는 혼자가 아니다. 그래 함께 가는 거다"라는 믿음직한 약속입니다. 아무리 힘들고 어려운 길이라도 아빠가 끝까지 동행하겠다는 사랑의 다짐입니다.

세상에는 아름다운 사연들이 수두룩했습니다. 그만큼 아름답게 살아가는 것은 행복이며, 이런 행복을 꿈꾸게 만드는 세상 재료는 역시 사랑입니다. 사랑으로 버무려 놓은 추억은 그게 기쁨이든 슬픔이든, 결국에는 시간이 흘러간 이후에는 행복으로 탈바꿈합니다. 뼈에 사무친 슬픔이라도 만개한 장미꽃보다 훨씬 아름답게 피어나는 게 빨간 우체통의 비밀입니다.

빨간 우체통은 행복한 사랑입니다.

지
구
별
여
행

새록새록 기억이 납니다. 애매모호한 듯 상상의 날개를 펼쳤던 어린 왕자*little prince*, 장미꽃과의 슬픈 사랑을 달래기 위해 떠났던 별나라 여행기였습니다.

누구나 한 번쯤은 꼭 읽었을 감동적인 소설이어도, 선뜻 내용을 이해하기는 힘들었습니다. 프랑스의 공군 조종사였던 쌩텍쥐페리가 쓴 세계적인 소설이었습니다. 한 번 읽고 다시 또 읽기를 반복해야 겨우 내용을 조금씩 이해했습니다.

어린 왕자는 다채롭고 신기한 별나라 여행 이야기가 쏟아져 나오다가, 갑자기 지구에 도착해서 사랑에 대한 깊은 깨달음을 얻습니다.

그러나 이상하게도 소설은 장면 장면을 읽을 때는 서로 다른 내용들이 다가왔는데, 다 읽고 나면 어린 왕자와 장미꽃과의 사랑의 감동이 밀려왔습니다. 소혹성 612호에 살았던 어린 왕자는 장미꽃과의 사랑에 대해 허무감을 느끼고 별나라 여행을 떠났습니다. 잠시 사랑의 아픔을 잊기 위해, 사랑하는 장미씨 곁을 떠났던 이별 여행프로젝트입니다. 이별 저별 떠돌다가 지구에 도착해서 사랑에 대한 깊은 깨달음을 얻습니다. 어린 왕자는 너무 외로워 풀밭에 엎드려 울고 있었습니다. 그때에 지구별에 살고 있는 영리한 여우가 나타났고 둘은 대화를 이어갔죠. 그리고 진실한 사랑을 이야기했습니다.

> 그것은 어떤 날을 다른 날과,
> 어떤 시간을 다른 시간과 다르게 만드는 것이지.
>
> – 생텍쥐페리, <어린 왕자>, 열린책들, 2015 –

사랑은 내 시간과 노력을 아까운 줄 모르고 그만큼 투입했던 날입니다. 사랑했던 날은 어떤 날을 다른 날과 어떤 시간을 다른 시간과는 다르게 만드는 특별한 날입니다. 그만큼 잊지 못할 행복한 시간입니다.

내가 어린 왕자를 재미있게 읽은 것은 작은딸의 영향력이 컸습니다. 다 큰 아빠가 딸에게 영향을 끼치는 것이 맞는데, 어린 왕자를 자세히 읽을 때만큼은 달랐습니다. 작은딸이 아빠에게 영향력을 끼쳤습니다.

우리는 주말이면 딸들과 함께 춘천 소재의 팔호광장에 위치한 서점을 갔습니다. 매주 그곳을 갈 때마다 작은딸은 어린 왕자를 뽑아왔습니다. 서점을 갈 때마다 몇 번씩이고 어린 왕자를 사달라고 졸랐습니다. 어린 왕자의 광팬 중의 광팬이었습니다.

작은딸은 한 가지를 집중하면 모든 것을 제켜 놓는 성격입니다. 나는 지난번에 샀던 어린 왕자와 지금 서점에서 찾아온 것은 똑같이 <어린 왕자>라며, 같은 책을 굳이 살 필요가 있겠냐며 냉정하게 거절했습니다. 하지만 작은딸은 지난번에 산 <어린 왕자>와 이번에 뽑아 온 <어린 왕자>가 서로 다르다는 점을 말하며 사달라고 졸랐습니다.

나는 집으로 돌아와서 곧바로 작은딸의 책꽂이를 살펴보았습니다. 그곳에는 서로 다른 수십 권의 어린 왕자가 꽂혀 있었습니다.

그때야 처음 알았습니다. 우리나라에서 번역된 어린 왕자의 발간 도서가 수십 가지였습니다. 그리고 번역서들은 조금씩 차이를 드러냈습니다. 원본은 쌩텍쥐페리의 리틀 프린스 *little prince* 뿐인데, 번역본의 종류는 수십 가지였습니다. 이렇게 어린 왕자에게만 집중했던 딸아이의 지적 수준은 놀라웠습니다. 한 가지 분야에만 집중하고 파고 들어갔더니, 어느새 그 책에 대해서는 전문가보다 더 전문가다운 안목을 갖추었습니다.

국내 번역본인 <어린 왕자>와 관련해서 작은 딸아이를 능가할 사람들을 주변에서 찾아보기는 힘들 정도였습니다. 기껏해야 나처럼 어린 왕자를 읽었다며 줄거리를 이야기하는 사람 정도였습니다. 어린 왕자의 번역본이 수십 가지가 있고, 개별 번역서들이 갖고 있는 사소한 차이점을 이해하는 사람들은 거의 없었습니다.

누가 뭐래도 특정한 분야의 전문성을 키우는 방법은 그 분야를 좋아하고 매번 집중해서 관심을 갖는 방법 뿐입니다. 한 가지 일에 지나칠 정도로 관심을 갖게 되면, 어느새 그 분야에 대해 전문가 수준의 지적 역량을 갖추게 되었습니다. 여하튼 한 가지 일에 몰두하는 것입니다.

이 말은 행복에 대해서도 같은 원리입니다. 내가 행복해지는 일에 대해 관심을 집중하면, 그 누구보다도 행복에 대한 폭넓은 이해를 갖추게 되는 겁니다.

내가 행복에 대해 관심을 갖으면, 일정한 시간이 흘러가면 그 분야에서는 다른 사람들보다 더 많은 지식과 능력을 쌓게 되는 겁니다.

그렇게 되면 주변 사람과 가족들에게 행복 전문가로서 맞춤형 행복 조언이 가능해집니다. 주변 사람들에게 행복에 대해 좋은 영향력을 끼치는 것은 삶의 의미를 깨닫고 누릴 수 있는 좋은 방법입니다.

나와 내 주변 사람들이 함께 행복하려면 그에 대한 지식과 정보를 숙지하고 충분히 체감해야만 합니다.

　도쿄의 심야식당은 행복의 산실입니다. 마스터 역을 맡은 코바야시 카오루가 경영하던 도쿄의 심야식당, 밤 12시부터 다음 날 아침까지 영업했습니다. 덧붙일 것도 없이 밤에만 문을 열던 심야식당입니다. 밤늦게 문을 열면 단골손님들이 특별한 사연을 갖고 찾아와서 서민적인 음식을 주문합니다. 이 음식들은 하나하나 추억이 깃들어 있습니다. 여기에서 눈여겨볼 것은 한 상 가득 차려 나오던 산해진미山海珍味가 아니라, 심야식당의 마스터와 단골손님 간의 유대관계에 기반을 둔 단일품종의 서민 음식들이 주류였습니다. 식당 주인과 단골손님은 둘 다 생뚱맞게 도쿄 신주쿠의 가부키즈 뒷골목에서 인간미 넘치는 정감을 쏟아냈습니다. 도쿄의 빽빽한 도시 생활 속에서도 단골손님들이 그리워하던 서민 음식을 기호에 맞게 담아냈습니다. 마치 마스터인 카오루에겐 이런 느낌이었습니다.

> 주문만 하면 있는 재료를 갖고
> 뭐든지 맛있게 만들어 드립니다.

마스터인 카오루는 음식 장인입니다. 그의 손끝에서 수많은 음식들이 차려졌습니다. 서민 음식들은 탄멘, 팬 케이크, 핫도그, 달걀 두부, 치킨 라이스, 오무라이스, 샌드위치, 우메보시와 매실주, 배추 삼겹살 나베, 해넘이 국수, 햄 커틀릿, 매실장아찌 주먹밥, 야키소바빵, 유부우동, 카레라멘 등이었습니다.

한마디로 말하면 다른 사람들의 기분을 위로하고 있는 간편하고 행복한 한 끼 식사입니다. 왠지 심야식당을 보고 있으면 먹방 유튜브와는 뭔가 색다른 느낌을 받았습니다. 천만 구독자를 갖고 있는 먹방 유튜브 햄지*Hamzy*에서는 수육, 김치말이 국수, 생소갈비구이, 불닭 등 대중적인 서민 음식을 직접 요리해서 먹었습니다. 정감보다는 음식을 소재로 입맛을 돋우거나 얼굴을 찡그리며 먹던 막대한 음식량은 호기심을 자아냈습니다. 매운맛에 길들어져 있는 대식가 포스입니다.

그러나 도쿄 심야식당에는 마음속 깊이 잠들어 있던 추억의 맛, 세월 맛을 담은 인생 스토리가 잔잔하게 흘러나왔습니다. 따듯한 밥 한 끼의 정감이 그리워졌습니다. 먹방 유튜브 햄지 *Hamzy*와의 차이는 소외받은 서민들이 함께 나누던 감성과 추억의 인생 스토리가 음식에도 담겨 있습니다. 따듯한 밥 한 끼의 행복감이 몰려왔습니다. 그래서 우리는 행복한 음식 감성이 무엇인지를 알 수가 있습니다. 그것은 단지 음식 맛이 아니라, 우리의 인생 속에 깃들어져 있는 따듯한 삶의 이야기, 잊혀지지 않는 행복 스토리를 담아내는 일입니다. 심야식당은 한 상 가득 차고 넘치는 산해진미보다 따듯한 밥 한 끼가 나를 행복하게 만든다는 것을, 음식 속에는 인생을 담아놓은 추억의 감성 스토리가 녹아 있다는 점을 눈여겨볼 만했습니다.

행복은 따듯한 밥 한 끼의 추억이며, 그 안에 담겨 있는 좋은 인연들과의 감성 공유이기도 했습니다.

제12장

/

나선형의 행복 코스

지
식

큐
레
이
터

미래사회를 준비하는 자가 성공할 것이란 기대감이 컸습니다. 약 십여 년간은 앞날을 미리 짐작할 수 있는 지식습득에 푹 빠져 개혁적인 사회변화를 동경했으며, 급진적인 미래사회의 출현에 대비한 개별 능력 형성에도 깊은 관심을 가졌습니다. 나름대로 한발 빠르게 미래사회 변화에 대한 적응 능력을 키워 내는 것이 성공적인 삶을 살아가는 지름길이라고 여겼습니다.

나는 젊어서는 미래학 도서를 좋아했습니다. 더 큰 사회적인 기회가 찾아올 것이란 확신 때문이었습니다. 그래서 젊어서는 앞으로 다가올 사회변화에 대비하려고 제3세계, 미래 혁명, 부의 혁명, 정부혁신, 작은 정부론, 신공공개혁론 등 시대변화를 수용했습니다.

새로운 직업군 생성에도 관심이 컸습니다. 사회변화를 주도할 신규 직업 창출과도 깊은 관계가 있었습니다.

지금 시대는 4차 산업혁명이 대세입니다. 정보통신과 첨단과학기술을 융합한 최첨단 사회변화의 흐름을 지칭했습니다. 그러는 사이에 발견했던 용어는 지식 큐레이터*Knowledge Curator*라는 신생 직업이었습니다. 지식 큐레이터는 첨단과학지식을 관리하는 직업 형태입니다. 새롭게 생성되고 있는 첨단 직업군이라는 생각도 들었지만, 다른 한쪽에서는 부정적인 이미지를 생성했습니다. 잘못하면 서툰 지식 팔이 수준에서 벗어나지를 못했습니다.

어떻게 첨단과학지식을 모두 습득해서 관리할 수 있겠느냐는 섣부른 우려였습니다. 지식 큐레이터는 첨단지식과 정보를 수집할 수 있는 지식 플랫폼을 만들고 전시하며 관리하는 업무가 주된 역할입니다. 대부분 첨단과학지식의 중간관리자입니다. 특히 이래일이라는 작가는 <그들은 알지만 당신은 모르는 30가지>라는 저서에서 지식 큐레이터의 중요성을 부각시켰으며, 자극적이고 강압적인 멘트를 남겨 놓았습니다. 설령 이런 식의 설명입니다.

돈, 성공! 닥치고 지식부터 쌓자.

미래사회를 살아가는 데 있어 우리에게 가장 중요한 것은 무엇일까요? 웬만한 지식인들은 첨단지식 습득을 주장합니다. 사회생태학적 관점에서 주장하던 적응력을 차용하지 않더라도, 미래사회의 대비 능력을 키우는 일 번지는 첨단과학지식입니다. 돈벌이 능력보다는 지식습득을 강조했습니다. 하지만 반드시 첨단지식 습득과 경제적인 부의 축적이 상호 간에 불가분의 관계가 있느냐는 겁니다.

실제 첨단과학지식을 습득하면 돈벌이에 좀 더 유리할 수는 있을 겁니다. 하지만 그게 돈벌이의 모든 것을 결정짓는 필수 요소인가에 대한 견해는 색다를 수가 있습니다. 지금 와서 보면 미래사회를 살아가는 데 있어 첨단지식을 습득하는 것은 중요해도, 그런 첨단지식을 제대로 습득하지 않았다고 해서 사회적 도태가 반드시 일어나는 것은 아닙니다.

우리 주변에는 전문가다운 첨단과학지식을 습득한 사람들이 얼마나 되겠느냐는 것입니다.

다만 확실한 것은 내가 갖고 있는 지식 분야를 업그레이드시켜도 충분했습니다. 이것저것 복잡한 전문지식을 습득하는 것도 좋지만, 내가 보유하고 있는 전문성을 더욱 강화하고 시대변화에 맞게 향상시키는 일입니다.

지식 큐레이터의 등장은 첨단과학지식의 필요성을 더욱 실감 나게 하는 미래사회 변화에 직면할 것이란 점을 예견할 수는 있습니다. 그러나 또 다른 사회경제적인 부가가치를 반드시 창출할 것이란 생각은 예외적일 수도 있습니다. 우리 삶에서 좀 더 유용한 결과를 초래하겠지만, 현재의 삶과 괴리된 획기적인 삶의 변화는 그다지 기대하지 않아도 될 듯합니다.

사회는 언제나 변화를 추구해 왔고, 신기하게도 사람들은 사회변화에 적응하는 뛰어난 능력을 선보였습니다.

자
이
가
르
닉

효
과

    어떤 일을 기대하면 두 가지 마음이 생깁니다. 한편으로는 완벽한 것이고, 다른 한편으로는 미완의 결과입니다. 거저 될 리는 만무합니다. 이런 주장은 어색할 법도 하지만, 완벽을 기대하는 것은 한계가 있고 미완의 결과는 커다란 아쉬움을 남깁니다.

    그렇지만 모든 일이 꼭 멋진 결과를 낳아야지만 성공적이라고 인정할 수 있을까요? 미완의 완성품이라는 말은 사용하기 힘든가입니다. 어떤 일을 기대하며 마음을 쏟아부을 때, 다시 한 번 명심해 볼 것은 자이가르닉*Zeigarnik* 효과였습니다. 소련의 심리학자였던 블루마 자이가르닉에 의해 발견된 심리 현상이었습니다. 사람들은 완성되지 않는 일, 또는 중도에 끝나버린 추억을 더 잘 기억해 낸다는 것입니다. 그 이유는 완성하지 못한 아쉬움이 짙게 남아 있기 때문입니다.

이러한 자이가르닉 효과의 좋은 사례로서 취급할 수 있는 것은 미완성으로 끝나버린 연인관계입니다. 미완의 사랑은 계속하여 마음에서 생각나며, 늘 미련의 도가니가 되어 불꽃처럼 되살아납니다. 엉뚱한 기대심리가 크게 작동했습니다.

사실 사랑만큼 매우 소중한 인연은 없을 겁니다. 지금껏 우리가 세상에서 배웠던 가장 이타적인 마음은 사랑입니다. 첫눈에 마음을 빼앗기고 반했을 때는 모든 것을 다해주고 싶은 헌신적인 마음이 들었습니다. 하지만 오랜 이별의 세월이 지나면 한때의 아픔을 승화시킨 좋은 추억으로 기억됩니다. 그래도 안타까움은 아름다웠습니다. 때론 미완으로 남아서, 끝내 과거를 돌아보며 현실을 살아가는 에너지로 삼습니다.

아무리 미완으로 끝난 옛일들을 떠나보내려고 해도, 자꾸만 생각나는 것은 자이가르닉 효과*Zeigarnik effects*였습니다. 우리의 기억 속에서 미완으로 끝난 일들은 의미가 없는 것은 아닙니다. 그 일들은 완성된 것보다는 미완의 결과였기 때문에, 그때의 쓰라린 일들이 좋은 추억이 된 것입니다. 미완의 사랑이 생각날 때는 한때의 감성적인 추억, 또는 내 인생의 한 부분이었다는 점을 잠시 잠깐 기억해도 좋을 일입니다.

우리 인생에서 주어진 모든 일을 완성해야만 하는 것은 아닙니다. 기계가 아닌 이상, 주어진 인생 과제를 다 성취할 수는 없습니다. 이런 점을 놓고 보면, 완성된 행복이라는 것은 생각하기 힘듭니다. 그래서 현재와 미래에 가서는 지금보다 더 나은 행복을 추구하는 것입니다. 현재의 행복 추구가 완전하지 못하고 미완으로 끝나도, 미래의 내 삶에서는 질 높은 행복한 감성들이 머물기 때문입니다.

사람들은 쉽게 이분법적인 논리에 매몰되거나 흑백논리에 휩싸였습니다. 종교적으로는 선과 악, 정치적으로는 진보와 보수, 사람들은 남자와 여자, 그리고 문학적으로는 문학과 비문학이라는 구별 방식입니다.

이런 이분법적 논리가 행복 수준을 향상시키는데, 얼마나 크게 도움이 될 것인가였습니다.

나는 별로 이분법을 선호하지는 않습니다. 그 이유는 양극

화 현상으로만 구별하면, 중간지점에 대한 공감 형성 능력이 떨어진다는 우려였습니다. 물론 사람들의 특성에서도 이타적이냐 자기중심적이냐를 놓고 구별했습니다. 자기중심적인 것만을 소중하게 여기는 것은 국수주의, 또는 독선주의입니다. 이런 경향의 사람들은 외부와의 공감 형성 능력이 크게 떨어졌습니다. 이런 공감 형성 능력을 다룬 것은 리처드 보이애치스·애니 맥키가 쓴 <공감 리더십>입니다. 사회 곳곳에서도 공감 형성에 대한 관심들이 높아졌습니다.

공감이라는 말은 같은 마음과 생각을 품은 것, 또는 똑같은 이해와 느낌을 갖는 것입니다. 사자성어로는 이심전심以心傳心입니다.

또한 정치인들도 공감이라는 말을 선호했습니다. 그들은 '시민 공감', '공감연합', 또는 '공감연대' 등 불특정 다수의 시민사회를 겨냥했습니다. 공감 리더십은 더 많은 표심을 얻는 것보다 현재 내 곁에 머무는 소중한 사람들과의 지속적인 공감대 형성이라는 말이 훨씬 어울릴 법도 했습니다. 이를테면 이런 점입니다.

성공은 자신의 노력 덕이고, 실패는 다른 사람 탓이라고 생
각할 때 문제가 발생한다. 그 가운데 하나는 스트레스가 심
화될 경우 점점 흑백논리 차원에서 세상을 보게 되고, 우리
자신과 주변 사람들을 현실적으로 직시하는 능력을 서서
히 잃게 된다는 것이다.

– 보이애치스 리처드, <공감 리더십>, 에코의 서재, 2007 –

우리는 너무 쉽게 한쪽으로 치우쳤습니다. 때로는 따로국밥
과도 같은 흑백논리, 또는 이분법적 논리에서 벗어나야 했습니
다. 이런 극단적인 논리에서 벗어날 때에 주변 사람들과의 공
감 형성 능력이 커질 수가 있습니다.

일방적인 주장보다는 다른 사람의 입장과 생각을 배려하는
마음, 또는 다른 사람의 행동을 이해하려는 수용적인 태도가
필요했습니다. 공감 형성 능력은 당신 탓, 또는 남의 탓이라는
이분법적 논리가 아니라, 나의 마음 상태를 포용적으로 돌아보
는 것에서 비롯했습니다.

정
상
중
독
현
상

정상은 어떤 곳인가요?
많은 사람들이 올라가고 싶은 높다란 곳 말입니다.

언제쯤에야 올라갈 수 있을까요?
일생 동안에 정상에 서 볼 수는 있을까요?

이제는 뭐 올라가지 못해도 관계없습니다.
어떻게 사는 것이 행복인 줄 알았거든요.

우리나라 정치·금융의 일 번지는 여의도입니다. 나는 시골 출신이어도 여의도 근처에서 12년을 줄곧 살았습니다. 전혀 이전과는 다른 생활환경을 체험했습니다.

나와 같은 지방대 출신의 서울진출을 역진입이라고 말합니다. 서울 수도권 인재가 좋은 직장을 얻고 지방으로 옮겨오는 것이 아니라, 지방 출신들이 서울로 진출해 나가는 현상입니다.

이런 일들이 훨씬 많아지는 것은 기회의 균등이고 형평성일 겁니다. 하지만 다시 서울을 떠나 강원도 원주에 둥지를 틀었습니다. 이때의 심정은 창세기에서 아브라함이 한동안 머물러 살았던 대도시 갈대아 우르를 떠나 낯선 가나안 땅으로 옮겨가던 기분이었습니다.

하나님의 인도하심이 있다고 믿고 무작정 이사했습니다. 이곳에 와서는 온종일 글을 쓰기도 했고, 또 어떤 날에는 원주중앙시장을 가서 멍 때리고 놀았습니다. 건강도 별로 좋지 않았으며, 지금껏 잃어버린 삶을 되찾기 위해 발버둥을 쳤습니다. 그리 오래되지 않아서 고혈압과 당뇨, 고지혈, 시력 저하, 비염 수술, 위장병, 안면마비 등 자질구레한 병치레를 감내했습니다.

이런 생활 도중에도 날마다 자연스럽게 바라본 곳은 치악산 정상이었습니다. 언젠가 꼭 한 번은 치악산 정상인 비로봉을 밟아보겠다는 기대감을 품었습니다. 비로봉을 올라가기 위해 기회를 엿보았습니다.

그리고 그 해의 초가을이 되었습니다. 조금씩 오색찬란한 단풍들이 치악산을 물들이고 있었습니다. 나는 딸들과 함께 산행 스케줄을 짜고 입석대를 통해 비로봉 정상으로 올라갔습니다. 원주에 와서 체험해본 첫 치악산 산행이었습니다. 다른 분들은 빨리 올라가면 2시간 반이면 비로봉 정상을 밟을 수 있으며, 크게 등산하는 일이 어렵지 않은 것처럼 떠들었습니다. 그러나 첫 산행에서 나는 거의 5시간 가까이 올라갔어도 8부 능선의 마지막 쉼터밖에는 도달하지를 못했습니다. 오르막길 밖에 없는 산행이었고 거북이걸음이었습니다. 하도 힘이 들고 땀이 나서 조금 올라가다가도 숨이 차면 그 자리에 풀썩 주저앉아서 쉬었습니다. 결국 8부 능선에서 비로봉 정상을 멀찍이 바라보며 발길을 돌렸습니다.

역시 정상으로 올라가는 일은 쉽지 않았습니다. 올라가고 또 올라가도 내리막길은 없었습니다. 한 번 올라가기 시작하면, 처음부터 끝까지 올라갈 수밖에 없는 산행구조였습니다. 오르막

길뿐인 산행이었습니다.

그때에 트리나 폴러스가 쓴 <꽃들에게 희망을>이 떠올랐습니다. 하늘을 훨훨 날아다니는 나비의 성장기를 다루었으며, 애벌레가 성충으로 변화하는 과정을 세상사에 빗대어 풀어놓았습니다. 나비의 애벌레는 먼저 정상으로 올라가려고 주변 동료들을 짓밟으며 사투를 벌였습니다. 꼭대기를 향해 올라갈수록 더욱 치열한 경쟁관계 속에서 상대방을 밟고 올라가야만 했습니다.

그리고는 끝없이 정상을 향해 오르고 또 올라가는 것만이 세상을 지혜롭게 살아가는 방법인가에 대한 의구심을 품었습니다.

밟고 올라가느냐
아니면 발밑에 깔리느냐

- 트리나 폴러스, <꽃들에게 희망을>, 소담출판사, 1991 -

정상으로 올라가기 위한 경쟁사회, 그 과정에서 행복한 삶은 어디에도 없었습니다. 애벌레는 그 일이 하두 버거워서 다시 밑으로 내려왔습니다. 그리고 나뭇가지에 거꾸로 매달려 하얀 꼬치를 틀었습니다. 일정한 시간이 지나고 나비가 되어 날개를 달고 다시 태어났습니다. 그는 나비가 되어 훨훨 세상을 행복하게 날아올랐습니다.

　나도 몇 번의 도전 끝에 비로봉 정상을 밟았습니다. 치악산 정상의 높이는 약 1,200m 고지였으며, 기껏 힘들게 올라와서 다시 내려가야만 하는 일은 야속했습니다. 그때에 비로봉 정상에서 내려다본 도시는 좁쌀만큼 빽빽하고 비좁은 정경이었습니다. 비로봉 돌탑 주변에 앉아서 도시 정경을 관망했습니다. 나의 삶터였습니다.

　하지만 마치 감옥처럼 내 삶을 물리적인 도시 속에 가두어 놓았습니다. 자유로 와야 할 내 삶을 가두고 있는 물리적인 장벽은 도시였습니다.

　　비로봉에서

　신발 끈을 힘껏 묶고
　한걸음씩 치악산을 올랐습니다.

　선뜻 나를 반기는 것들은

푸른 하늘과 지평선과 바람과 고요의 시간들

비로봉 정상에 앉아 한동안 눈 뜨고 귀 열며
살아온 날들을 돌이켜 보았더니
원래 내 집은 어디였는지
열린 산이었는지 막힌 도시였는지
쉽게 분간할 수가 없었습니다.

돌아가기 싫은
산 아래 눈멀고 귀 막은 내 집
좁쌀만 한 건물들이 빽빽이 서서
나의 행복을 가로막았습니다.

제일 높은 정상으로 올라가기 위해, 우리는 치열한 경쟁관계 속에서 살아갑니다.

하지만 그 길이 행복한 삶을 채워가던 인생길인가는 다시금 생각해 보아야만 합니다. 숨 가쁘게 산 정상을 올라갔을 때, 오히려 멀리 보이던 산 아래의 물리적인 울타리는 나의 행복을 가로막고 있었습니다. 빽빽한 도시 정경 속에서 행복을 잃어버린 줄도 모르고 서툴게만 살아가던 인생 페이지를 쓰고 있었습니다.

비매품 감정팔이

　가장 힘든 감정은 무엇입니까? 나는 두려움입니다. 참 귀찮고 번거로운 감정 상태입니다. 예전에는 생각을 마비시키고, 현실에선 탈출구가 거의 없는 죽음의 사지처럼 느껴졌습니다. 사자굴 앞에 서 있는 기분이었습니다. 마음은 초조하고 쿵쾅거렸으며, 낯설게 다가오던 공포심에 초라해졌습니다. 익숙하지 않은 감정팔이의 반란이었습니다.

　심지어 두려운 감정 상태의 몰입은 악한 사람이나 위험물,

갑자기 다가오던 재난과 같이 예기치 않았던 상황들이 순식간에 일어날 것만 같았습니다. 불편한 마음 상태였습니다. 그리고 이런 두려움의 원인은 쓸데없는 염려와 걱정에 근거했습니다. 현실에선 일어나지도 않은 위험 상황에 대한 걱정, 다가오지도 않는 실패에 대한 염려, 그리고 언제 다가올지도 모를 재난 발생에 대한 강박관념 등이 주된 원인입니다. 초대하고 싶지 않은 불청객입니다.

하지만 두려움의 강박관념에서 벗어날 때까지는 수시로 찾아왔습니다. 더욱이 서늘한 색채를 띠었으며, 공포에 사로잡혀 있는 사람들의 창백한 얼굴빛이 전면으로 번져 있었습니다. 이런 상황에 직면하면 매번 의기소침했습니다. 나를 두렵게 하는 직접적인 상황들을 회피하거나 정면으로 맞서려고 해도 계속해서 실패했습니다.

나의 행복을 가로막고 있는 비매품 감정들이 너무 많았습니다. 우리에겐 너무 잡다한 감정들이 의식과 몸속에 자리 잡고 있었습니다. 예를 들면 두려움, 걱정, 슬픔, 회의감, 경멸, 낙담, 망연자실, 부끄러움, 실망감, 억압감, 외로움 등 부정적인 감정의 도가니입니다. 이런 감정들은 수시로 나를 찾아와서, 나의 현재 상태를 부정적인 쪽으로 휘몰아 갔습니다.

그래서 나는 한동안 두려움을 다루는 생각의 기술을 배우고자 했습니다. 질 티보의 <두려움을 담는 봉투>에서는 부정적인 감정을 다루는 법을 제시했습니다. 주인공인 마티유는 맨발로 물놀이를 하던 중에 우연히 뱀을 발견하고 강한 두려움에 사로잡혔습니다.

온갖 두려움의 상상력이 그를 괴롭혔습니다. 두려움을 담아놓은 우리의 심장은 점점 더 큰 불안감을 불러냈습니다. 결국 마티유는 두려움의 증세가 심각해서 병원을 찾아갔으며, 병원의 처방은 두려움에 대한 해소였습니다. 입으로 두려움을 말하면서 자신의 삶을 지켜내는 일이었습니다. 이러한 두려움은 비정상적인 것이 아니라, 정상적인 감정 코드라는 것을 강조했습니다.

> 얘야, 마티유. 두려움을 느끼는 건 아주 정상이란다. 두려움은 우리를 위험에서 보호해 주기도 하거든. 개가 이빨을 드러내고 으르렁거리면 무서운 게 정상이야. 그래야 무서운 개를 피하지.
>
> — 질 티보, <두려움을 담은 봉투>, 천개의 바람, 2016 —

두려움과 같이 부정적인 감정들이 찾아오면, 그 감정이 내게서 발생할 수 있다는 것을 인정하는 일입니다. 맞서서 싸우는 게 아니라, 그 감정으로부터 나를 분리시키는 것이 지혜로운 방법입니다. 이런 감정들은 애써 감추는 것이 아니라, 밖으로 표현하는 것입니다.

내가 아내와의 다툼으로 삶에 대해 커다란 회의감이 들면, 그 마음 상태를 밖으로 꺼내놓는 일입니다. 그리고 부정적인 감정 상태에서 벗어나려면, 나와 감정 상태를 분리하는 작업이 중요했습니다. 이런 방법들은 서로 좋았던 일들, 행복했던 과거의 기억들, 또는 묵상하고 기도하는 일이었습니다.

다시 말하거니와 어느 때이건 부정적인 감정들은 초대받지 않은 불청객처럼 다시 찾아옵니다. 나의 감정 상태는 요동쳤습니다. 그때에 절대로 맞서서 이겨내거나 벗어나려고 하지 말고 회피하라는 것, 부정적인 감정 상태를 인정하며 그 상태에서 회피기동을 하라는 것입니다. 나와 부정적인 감정 상태를 분리하는 작업 말입니다.

우선순위

나는 행복이 일순위입니다.
이런 내가 멋쩍어 보여도
누구나 행복을 원합니다.

행복은
내가 즐겁고 좋아하는 것이지만
내가 기대한 만큼 행복할 수가 있습니다.

Part 4

누려야 할

행복

제13장

행복 유전자의 전승

세
대
간
의
행
복
코
드
변
화

　인간은 이기적입니다. 모든 유전자는 자기희생을 통해서라
도 자손을 번성시키려는 이기적인 속성을 갖고 있습니다. 이런
유전자 특성은 1976년 영국의 행동생물학자 리처드 도킨스의
<이기적 유전자*The Selfish Gene*>에서 유래했습니다. 살아있는 생
물체는 자기 자손을 남기기 위한 이용 도구에 불과하며, 자손
번성을 위한 이타적인 행동도 유전자 보전이 목적이었습니다.
생물 다양성 그 자체는 유전자 생존이나 증식과정에서 유리하

기 때문에 발생하는 일종의 진화 현상이었습니다.

이런 점에서 종의 다양성은 유전자 증식과도 깊은 관계가 있습니다.

> 모든 유전자는 생물체를 희생해서라도 자기 자손을 번성 시키려는 이기적인 성질을 갖고 있고, 이를 통해서 자기 행 동을 결정한다. 이타적 행동으로 보이는 무리의 사회화 행 동들이 사실은 유전자 수준에서는 유전자의 보전이라는 목적을 위해 기능할 뿐이며, 개체들은 유전자의 운반자일 뿐이다.
>
> – 리처드 도킨스, <이기적 유전자>, 을유문화사, 2010 –

인간의 신체 형성도 유전자 구조입니다. 생물체와 마찬가지로 종족 번식을 위해서는 예외가 아닙니다. 사회생태학적으로도 돌연변이에 가까운 신종 인류는 시대별로 출현했으며, 또는 환경변화에 따른 세대 간의 진화 현상이 일어났습니다. 바로 M 세대이니 Z세대이니 하는 새로운 사회생태계의 변화 현상이었습니다. M세대는 밀레니엄세대로서 1980년부터 2000년 사이에 출생한 사람들이며, Z세대는 21세기의 근접 시점인 1995년부터 2010년 사이에 태어난 젊은 층이었습니다. 이들의 출현은 베이붐 세대, 또는 386·486 등 컴퓨터 기종이 변화하던 세대와는 확연히 다른 사회생태계였습니다.

이들은 7포, 또는 9포라는 포기 세대였습니다. 이들이 체험했던 세대 변화는 연애와 출산 포기, 주택 구입 포기, 개인주의, 워라벨, 혼밥 문화라는 독특한 사회적 특성을 낳았습니다. 기존 세대와는 뚜렷하게 다른 의식과 행동 성향, 가치관을 소유했습니다.

그런데요. 인간사회의 역사적인 발전과정에서 신세대 출현은 어색하거나 낯선 일은 아니었습니다. 한때에는 286세대, 386세대, 486세대라는 컴퓨터 기종 변화를 통해 세대 간의 변화 등급을 매겼습니다. 점차 젊은 세대의 등장은 신종 컴퓨터 용량의 업그레이드 버전*upgrade version*이기도 했습니다.

나는 386세대였습니다. 우리 시대의 화두는 민주주의와 컴퓨터의 발전, 그리고 세계화의 출현이었습니다. 그때는 낯설고 생소한 시대변화 현상이었지만, 지금은 그때보다도 더 큰 사회 변화가 휩쓸고 있습니다.

이런 변화과정에서 보면 MZ세대는 가장 화끈하고 핫한 세대입니다. 직업 활동과 생활 의식에서 자신들만의 뚜렷한 시각을 드러냈으니까요. 직업을 바라보는 시선, 그리고 인생을 관조하는 생활 의식은 이전 세대와는 남달랐습니다. 나는 한동안 서울 여의도 인근에서 연구원으로 근무했습니다. 한참 후배뻘 되었던 전임연구원이 나를 보자마자 "쌤"이라고 불렀습니다. 처음 나를 보았는데, 그것도 나이가 한참 어린 친구가 "쌤"이라고 부르니 무척 황당한 기분을 느꼈습니다. 그런데 그 친구는 거의 개념치 않았습니다. 또다시 "방가방가"라는 이모티콘을 그럴싸하게 날렸습니다. 어색했지만 친근감의 표현입니다.

이후부터 나는 신세대의 출현에 대해 많은 관심을 가졌습니다. 현세대와는 동떨어진 문화적인 이질감, 또는 소외 현상에서 탈피하고 싶었습니다. 고광열 작가가 쓴 <MZ세대 트렌드 코드>에서는 신세대의 가장 큰 특징을 혼자 생활하는 사회생태계로서 기술했습니다. 신세대들은 기존 세대와의 문화적인 충격과는 관계없이, 자신들에게 적합한 사회 풍토를 창조했습니다.

이들 세대의 특징은 공동체 의식보다는 개별주의적인 행동 성향이 강했으며, 이를 증명하는 대표적인 행동양식은 뭐든지 혼자 하는 것을 편하게 느끼는 나 홀로 생활문화였습니다.

뭐든지 혼자 하는 것이 편한 시대다. 아무리 잘 맞는 사람이라도 모든 취향이 같을 수 없다. 사회의 인식도 많이 변했다. 혼자 밥을 먹는 사람을 봐도 친구가 없거나 사회성이 떨어져서 그렇다는 생각을 하지 않는다. 혼자 밥을 먹는 것은 '혼밥', 혼자 영화를 보는 것은 '혼영', 혼자 여행을 떠나는 것은 '혼행'이라고 한다.

- 고광열, <MZ세대 트렌드 코드>, 밀리언서재, 2021 -

역시 MZ세대입니다. 자신들의 삶을 중요하게 생각하는 것만큼 다른 사람들의 행복을 인정한다는 게 참 대견했습니다. 하지만 이전 세대들은 신세대의 문화적인 풍토를 이기적이라며 세대 간 갈등을 부추겼습니다. 하긴 베이비붐 세대들은 우리 386세대를 보면서도 개방적이고 버릇없는 세대라는 말들을 꺼내 놓았습니다.

우리 세대도 베이붐 세대와는 달리 자유로운 자기 연애와 행복, 그리고 민주주의를 추구했습니다.

이런 점을 보면 인간은 자기 종족 보존을 위한 이기적인 유전자를 갖고 있어도, 세대 간의 행복 추구는 또 다른 사회생태계를 낳았습니다. 비록 세대 간의 뚜렷한 의식 차이를 갖고 있어도, 사회생태학적인 행복은 독과점이 아닌 공유재라는 점일 겁니다. 이런 행복 공유재는 세대 간에도 차이를 보이지만, 우리의 신체 속에서 행복 유전자를 타고 흘러간다는 점은 기억해 볼 만했습니다. 세대 간의 문화 코드는 다르게 제시될 수 있어도, 우리가 생각할 수 있는 세대 간의 행복 추구는 유전자 전이에서 발현될 수 있다는 것입니다.

인간은 누구나 행복을 추구하는 유전자를 보유하고 있다는 점이기도 했습니다. 인간의 행복 유전자는 세대 간의 종족 보전을 위해 되물림했습니다.

행
복
의
산

사람들과 함께 나누고 싶은 일순위는 무엇인가요?

나는 행복이 일순위입니다.

이런 대답이 쑥스럽고 멋쩍어 보여도

행복하다는 것은 누구나 기대하는 마음의 소원입니다.

우리 모두의 공통분모이니까요.

행복은 나누면 배가 됩니다. 나눔은 흔히 플로잉*flowing*에 비

유했습니다. 그 모습은 강에서 유입된 물이 배수로의 물길을

타고 논밭을 채우며 다시 흘러가는 풍요의 물줄기였습니다. 이 모습은 보고만 있어도 행복감이 밀려왔습니다. 행복한 감정이 밀려온 것은 축복의 성질 때문입니다. 별다른 노력 없이도 충만하게 채워지던 것이 축복입니다.

하지만 이상하게도 좋은 일자리 등 경제적으로 높은 소득 수준을 갖고 있어도, 거의 행복에 대해 이야기하는 정치인들은 발견할 수가 없었습니다.

우리 주변에서 행복한 삶을 강조하는 분들은 정치인보다는 주로 종교인이나 철학자였으며, 또한 이들 중의 몇몇은 별도의 행복론 강좌를 개설했습니다. 사람들에게 행복한 인생을 가르치고, 그 일을 계기로 행복의 징검다리 역할을 수행했습니다.

이런 분야에서 강조하는 행복론의 특성은 사유재산보다는 공유재산에 가까웠습니다. 행복은 특권층의 독과점적인 소유물이 아니라, 인간이면 누구나 추구해야 하는 보편론적인 권리였습니다. 사람이면 나라와 민족, 지역을 뛰어넘어 누구나 누릴 수 있는 유무형의 재화와 같은 것들, 또는 다른 사람들에 의해 결정되는 것이 아니라 내가 스스로 결정할 수 있는 자기 결정권을 강조했습니다.

종교인 중에도 행복론 강의를 좀 더 실감 나게 다루고 있는 분은 황창연 신부입니다. 서두부터 대중적인 기대감을 풍겼습니다.

> 행복은 오르기 힘든 거대한 산이 아니다.
> 행복론을 펼치신 예수님의 가르침에 따라 한걸음씩 착실하게 내딛는 사람이라면
> 누구나 오를 수 있는 산이다.
>
> - 황창연, <사는 맛 사는 멋>, 바오로딸, 2011 -

나는 예수께서 가르치신 보편적인 행복론이 궁금했습니다. 공생애 33년 간 제자들을 가르치고 병든 자를 낫게 했으며, 가난한 자를 도우시고 불쌍한 자를 보호했습니다. 발길이 머무는 곳마다 하나님 사랑을 가르치고, 구원에 이르는 삶의 진리를 몸소 보여주었습니다. 그런데 황신부님은 예수의 가르침을 따라 매일 한 걸음씩 행복의 산을 오르면 우리의 몫이 된다는 것을 일깨웠습니다.

내가 매일 뒤로 물러서지 말고 올라가야만 할 행복의 산, 그 산은 네 이웃을 사랑하며 내게 있는 것을 다른 사람들과 공유

할 때 찾아드는 행복이었습니다. 이런 점을 새겨보면, 세상에서 찾아야만 할 행복의 산은 나눔입니다. 매일 조금씩이라도 포기하지 않고 꾸준히 그 산을 향하여 올라가는 일입니다. 누구나 오를 수 있는 행복의 산은 자기 헌신을 통하여 행복한 세상을 가꾸는 진실하고 헌신적인 모습인 겁니다.

반전 인생의 행복 고백

사람들은 성공보다는 실패를 허리춤에 매달고 삽니다. 한두 번의 실패에서 끝나는 것이 아니라 거의 매번 실패 속에서 살아갑니다. 그래서 인생은 실패의 연속이며, 그만큼 고난의 줄기이기도 했습니다. 내 주변에도 실패를 거듭하는 사람들이 의외로 많았습니다. 계속해서 성공하는 사람들은 거의 찾아보기 어려웠습니다.

아무리 성공한 사람이라도 그 인생길은 실패의 도미노 현상이었습니다.

하지만 다행인 것은 고난이도의 인생 반전이 함께 감추어져 있습니다. 실패, 또는 고난의 과정을 잘 극복해 내면 삶은 아름답고 행복했습니다. 평탄한 삶보다는 힘든 고난의 시간을 견뎌냈던 삶이 훨씬 의미 있게 다가왔습니다.

이런 점에서 보면 찰리채플린*Charlie Chaplin*(1889~1977)의 말은 금언처럼 마음에 새겨졌습니다.

> 인생은 가까이서 보면 비극이지만
> 멀리서 보면 코미디이다.

사실 어린 나이에 그의 말을 접했을 때는 거부감이 들었습니다. 인생은 가까이서 보면 비극, 멀리서 보면 코미디라는 말이 실감 나지를 않았습니다. 그만큼 인생 경륜도 짧았습니다. 하지만 오십 년 이상의 세월을 살고 난 이후, 그의 행복 조언은 엄청난 공감을 불러일으켰습니다.

나에겐 색다르게 다가왔습니다. 첫째, 행복을 찾으려면 가까운 곳에서 그림을 그리지 말라는 것입니다. 너무 눈앞에 놓여 있는 쾌락만을 쫓아 가면 오히려 불행한 삶을 살아갈 수밖에 없었습니다. 일시적인 즐거움을 쫓아서 살아가는 일에 대한 경계심입니다. 오락이나 게임, 또는 성적 흥분 등을 즐기려는 쾌락적인 마음에서의 탈피였습니다. 둘째, 현실 속의 힘겨움, 즉 고난을 이겨낼 수 있는 자기 절제와 인내심입니다. 행복은 일시적인 감정의 높낮이보다는 절제하고 기다릴 줄 아는 마음가짐, 행복을 찾고 누리는 마음도 자기 절제와 인내심에 기반을 두어야만 합니다. 오랜 기다림 끝에 누릴 수 있는 행복의 결실은 무척 아름다울 것이란 기대감이었습니다. 기다림과 인내후에나 이루어졌던 행복한 삶이었습니다.

민병도 시인이 성찰했던 〈삶이란〉 시에서도 뚜렷한 삶의 특성을 밝혀볼 수가 있습니다. 우리의 삶은 바람이 부는 대로 흔들리며, 세월이 흘러가는 대로 흘러가며, 그때그때 현실이 안겨주는 고통을 묵묵히 견디어내는 인내의 삶입니다. 이러한 삶의 법칙을 풀꽃에게, 물에게, 산에게 물어보니 그렇다고 대답합니다.

행복한 삶을 위해 인내하고 기다리는 것은 자연도 사람도 함께 추구해야만 할 공통분모였습니다.

삶이란

민병도

풀꽃에게 삶을 물었다.
흔들리는 일이라 했다.
물에게 삶을 물었다.
흐르는 일이라 했다.
산에게 삶을 물었다.
견디는 일이라 했다.

- 민병도, <삶이란>, 목언예원, 2021 -

시인도 그렇습니다. 인생은 고난의 연속이라는 것을 체험했습니다. 아무리 해가 바뀌고 나이를 먹어도, 행복하기 위해서는 끝까지 버티어 내는 일입니다. 그 일을 풀꽃에게, 물에게, 산에게 물어보니 똑같은 대답이었습니다.

어쩌면 행복은 하루아침에 이루어질 일은 아닙니다. 평생 흔들리고 견디어내는 것을 배운 다음에 찾아오는 인생 선물일지도 모릅니다. 긴 세월 속의 오랜 기다림 끝에 만난 행복은 차가운 겨울바람을 맞아가며 기다림 속에서 피어나던 해국과도 같을 것입니다.

오랜 고난의 세월이 흘러간 이후 인생을 돌아보았더니, 따듯한 보랏빛 감성이 해국처럼 피어 났습니다.

사
칙
연
산
의

행
복

법
칙

사칙연산을 모르는 사람들이 있을까요? 거의 없을 겁니다. 하지만 행복도 더하고 빼고 곱하고 나누는 원리가 작동한다는 것을 아는 사람은 얼마나 될까요? 아마 거의 없을 겁니다. 사칙연산은 어릴 때부터 익혀야만 했던 기초 셈법입니다.

일상생활에서도 매우 유용한 수학적인 계산법칙이고 사고방식입니다.

어찌 보면 아주 초보적인 수학 원리였으며, 수학자들은 이를 두고 가감승제^{加減乘除}라고 불렀습니다.

더 이상 말할 것도 없이 수치를 다루는 네 가지 계산법입니다. 더하면 더할수록 많아지고 빼면 뺄수록 작아지며, 곱하면 곱할수록 배가가 되고 나누면 나눌수록 분배가 이루어집니다. 이 말은 우리의 삶에서도 더할 것, 뺄 것, 곱할 것, 그리고 나눌 것이 있다는 말입니다. 그래야만 우리가 인생 목적을 제대로 추구할 수 있다는 산술적인 지혜의 법칙, 또는 행복한 삶을 추구하기 위해 필요한 역할론을 규정지을 수가 있습니다.

한홍 목사님은 <하나님의 경영>에서 "진정한 성공이란 종합세트다"라며 말했습니다. 또한 덧붙여서 건강한 가정도 이루고 직장과 사회에서 존경과 사랑을 받으며, 건강한 몸을 하나님께 드리기 위해 축복받는 일꾼으로 세워질 것을 강조했습니다.

하나님께서 우리 인생을 경영하는 법칙을 가감승제 방식으로 풀어내고 있는데, 그것은 사칙연산의 원리와도 똑같이 덧셈과 뺄셈과 곱셈과 나눗셈의 경영 패턴이었습니다.

이런 경영방식으로 우리의 삶을 가난하게도 하시고 부하게도 하시며, 낮추기도 하시고 높이기도 하셨습니다.

여호와는 가난하게도 하시고 부하게도 하시며
낮추기도 하시고 높이기도 하시는 도다

- <프뉴마 성경>, 삼상2:7에서 발췌 -

우리의 삶에는 가감승제의 법칙이 적용됩니다. 이런 법칙은 정유경 시인의 시에서도 드러났습니다. 그분이 쓴 "이야기 나누기"라는 시에는 사칙연산의 가감승제가 우리의 삶에서 어떻게 풀어질 수 있는가를 직접 보여주었습니다. 비록 시구 하나하나에서 장난기 물씬 풍기던 동심의 어린 추억들이 무더기로 쏟아졌지만, 그 안에는 놀라운 혜안을 담아놓았습니다.

이야기는 나누기
정유경

알지?
놀기는 더하기
숙제는 빼기
용돈은 곱하기
이야기는 나누기

이야기는 당연히 나누어야지

나누어지기 위해 태어난 이야기

- 정유경, <까만 밤>, 창비, 2013 -

읽고 나니 어떻습니까? 철부지와 같았던 코흘리개 시절의 행복했던 기억들이 떠오르지는 않던가요? 학교가 끝나고 오후 시간이 되면 친구들과 어울려 골목길에서 어두컴컴할 때까지, 엄마가 골목길을 돌아서 부르러 나올 때까지 실컷 놀았습니다.

그때에는 한껏 친구들과 노는 것을 더하려고 했고 고달픈 숙제는 빼려고 했으며, 아빠의 용돈은 어떻게 해서든 더 받아내려고 했고, 신기하기만 했던 체험적인 삶의 이야기는 과장해서라도 즐겁게 나누었습니다.

그런데 나는 마지막 시구에서 '이야기'라는 단어를 '행복'이라는 말로 잠시 바꾸어 보았습니다. 그랬더니 이런 문장이 탄생했습니다.

행복은
당연히 나누어야지
누군가와 나누기 위해
태어난 행복

사칙연산에서 행복한 인생의 정점은 나누기입니다. 행복은 당연히 나누어야 하고, 이런 행복은 누군가와 나누기 위해서 태어났다는 것입니다. 역시 내가 내린 행복은 사유재가 아닌 공유재인가 봅니다. 행복은 개별적인 소유보다는 장미꽃들이 담쟁이넝쿨을 타고 사방으로 퍼져가듯이, 아름다운 행보가 퍼져갈 때에 의미와 가치를 더하는가 봅니다.

제14장

/

가
슴
으
로 심
은
행
복
의 씨
앗

마
음
에

새
겨
진

언
어
들

언어는 생각과 행동을 담아놓았습니다. 우리가 사용하는 말과 글, 또는 몸짓과도 같은 것입니다. 언어학에서는 형식을 지닌 기호성과 의미를 지닌 자의성이니 하는 속성들을 말하지만, 쉽게 마음에 와닿지를 않았습니다.

자연스럽게 생활 속에서 체득하는 언어사용의 특성하고는 거리감이 있습니다. 좋은 언어 사용법은 말하는 것보다는 학술적인 관점에서 구별해 놓은 언어의 속성입니다.

하지만 나는 언어의 속성 중에서도 한 가지 빠뜨린 게 있다고 말했습니다. 그것은 행태적으로 사람들이 말하고 있는 언어의 습관입니다. 우리 주변에는 주로 좋은 말을 사용하는 사람들과 나쁜 말을 입에 달고 사는 사람들이 있습니다. 좋은 말을 사용하는 경우 언어 자체가 갖고 있는 품격, 또는 따듯한 온도와 같이 사람들의 가슴 깊이 새겨진 언어 사용법을 활용했습니다. 이런 언어들은 마음을 위로했습니다. 이를 가장 잘 포착했던 사람은 이기주 작가였습니다. 그가 쓴 <말의 품격>과 <언어의 온도>는 우리가 사용하는 언어에도 높은 수준의 품격과 온도의 차이가 있음을 감지했습니다.

말과 글은 머리에만 남겨지는 게 아닙니다.
가슴에도 새겨집니다.

마음 깊숙이 꽂힌 언어는
지지 않는 꽃입니다.

우린 그 꽃을 바라보며
위안을 얻기도 합니다.

- 이기주, <언어의 온도>, 말글터, 2018 -

꼭 기억해 둘 언어 사용법입니다. 말과 글인 언어는 문자적인 표현만을 남기지는 않습니다. 말과 글을 어떻게 사용하는가에 따라 사람들 가슴마다 지워지지 않는 아름다운 꽃을 피웠습니다.

이런 이해의 지점은 상대방을 배려하고 있는 언어사용 형태가 의사소통 과정에서 행복감을 나누는 데 얼마나 큰 역할을 하는가입니다. 하지만 사람들은 성장 과정에서 속 감정을 숨기는 것에만 익숙했습니다. 따뜻한 감정이 스며 있는 언어를 사용해야 공감하는데, 잘못된 언어사용으로 자신과 타인의 관계마저 소멸시켰습니다. 우리가 성장 과정에서 주로 잃어버린 말들은 이런 것들입니다.

"사랑합니다"
"감사합니다"
"좋은 만남이었습니다"
"행복합니다"
"은혜는 잊지 않겠습니다"

마음 깊이 새겨놓은 언어들은 사랑, 존중, 위로, 만남, 칭찬, 신세, 감사와 같은 것들입니다. 따뜻함을 전해주거나, 또는 위로를 담은 언어 사용법입니다. 마음 깊이 새겨진 언어사용은 자기중심적인 말이 아니라, 상대방의 어려움과 힘든 현실 상황을 함께 이해하거나 위로해 줄 수 있는 따뜻한 말입니다. 타인의 가슴 깊이 새겨놓을 수 있는 내 영혼의 언어들입니다.

이런 언어들은 분노를 가라앉히고, 슬픔을 몰아내며 고통을 사그라들게 만듭니다. 상대방과의 대화 과정에서 내가 중심축 선에 위치하는 것이 아니라, 상대방이 중심축 선 위에 머물고 나는 주변 사람들을 정성껏 배려하는 의사소통 방식입니다. 따뜻한 온기를 나누어 줄 수 있는 언어 사용법, 다른 사람들을 행복하게 만드는 비결입니다.

하루하루 기다림의 씨앗들

인내를 갖고 기다리는 것은 이유가 있습니다. 동양 고전인 사마천 <사기>의 재태공세가에는 유명한 강태공의 일화가 나옵니다. 물론 강태공이라면, 백수의 신세가 되어 낚시를 즐기는 한가로운 사람을 비유했습니다. 하지만 위수渭水의 강태공은 낚시보다는 때를 기다리며 세월을 낚았습니다. 결국 서백에게 등용되어 출세의 길을 걸었습니다. 해피엔딩*happy ending*으로 그의 이야기가 끝난 것보다는 비바람이 불고 눈보라가 몰아쳐도 땅속 깊이 뿌리를 내리고 기다리던 인내심이었습니다. 그저 백수의 신세가 되어 강가에서 놀고먹었다면, 때가 가득 찼을 시기에 귀한 인재로서 발탁되는 일은 없었을 겁니다.

이런 인내심은 행복의 잠재력을 마음껏 키워낼 수 있는 모범답안이지는 않을까요. 매일 조금씩 행복한 인생 속으로 깊이 뿌리를 내리는 일입니다. 이런 모습은 자연 속에서도 배울 수가 있는데, 바로 모소 대나무입니다.

> 모소라는 대나무는 겨우 3cm의 대순만을 내놓고
> 몇 년에 걸쳐 뿌리부터
> 땅속 깊이 사방으로 뻗어나갔으며,
> 깊고 넓게 자신의 뿌리를 내린 후에 땅속에서
> 엄청난 양분을 빨아들여 하루에 30cm씩 자라났습니다.
>
> – 인터넷 "모소 대나무"에서 발췌 –

아무리 크게 눈을 뜨고 대나무밭을 찾아보아도 몇 년째 겨우 3cm의 작은 대순밖에는 보이질 않았습니다. 그런데도 마을 사람들은 모소 대나무밭에 물을 뿌리고 영양분을 공급했습니다. 대나무밭에는 눈에 보이는 겉모습이 중요한 게 아니라,

놀라운 진실은 보이지 않는 땅속에서 이루어졌습니다. 모소 대나무는 땅속 깊이 사방으로 뿌리를 뻗어 내렸습니다. 비바람이 몰아쳐도 부러지지 않을 만큼 견고하게 뿌리를 내린 이후, 엄청난 영양분을 빨아들이고 하루아침에도 30cm씩 성장했습니다. 순식간에 커다란 대나무 숲을 이루었죠. 살다 보면 가끔 놀라운 일들이 일어납니다. 이를 두고 기적과도 같은 일이라고 말합니다. 기적이란 우리가 합리적으로 설명하기 힘든 초자연적인 현상들이 일어났을 때, 우리의 이성적인 사고의 범위를 넘어서는 일들입니다. 예상치 못했던 이런 사건들을 기적이라고 부릅니다. 대부분 이런 기적들은 마음 깊이 심어놓고 키워내던 꿈에서 발아했습니다. 하루아침에 우연히 이루어진 일들은 아닙니다.

만약 우리가 꿈을 품고 있다면, 모소 대나무에게 배울 점은 기다림입니다. 머잖아 내게도 현실 세계 속의 한계들은 사라질 것이며, 때가 되면 하루아침에도 눈부시게 성장하는 기적과 같은 일들을 끊임없이 체험할 것이라는 기대감입니다. 눈에 보이지는 않아도, 언젠가는 경이로운 삶의 결과를 맛보게 될 것이라는 믿음입니다.

긍정 심리의 행복 밀도

매일 같이 집에만 머물렀습니다. 좋은 책을 써보고 싶은 욕구였습니다. 주변에서 일어나는 상황들이 어떻게 변화하는지도 모른 채, 밤낮 책 쓰는 일에 매달렸습니다. 좋은 인생 기회가 찾아와도 어떤 때는 무식하게 걷어찼습니다. 내가 갈 길이 아니라는 마음가짐을 다시 붙잡았습니다.

당장 눈앞에 놓인 이해관계를 내려놓는 일은 쉽지가 않았습니다. 급기야는 힘이 들고 지칠 만도 한데, 나는 꿋꿋하게 홀로 책 쓰는 일에만 집중했습니다. 몇 년이고 반복해서 되풀이하던 생활방식입니다. 이런 삶의 방식을 줄기차게 이어갔더니, 몇 년이 지나가자 서너 권의 책을 발간했습니다.

돌아보면 완전한 행복 수준은 아닐지라도, 내가 현시점에서 누릴 수 있는 최고의 행복 여정이었습니다.

그리고 나는 행복이란 절대적인 희생이 아니라는 점을 깨달았습니다. 내게 있는 것을 무조건 희생해서 얻을 수 있는 반대급부가 아니라는 점입니다. 시간과 돈을 희생에서 얻을 수 있는 일시적인 쾌락과 같은 것은 더욱더 아닙니다. 이와는 달리 행복은 순간순간의 일들이 차곡차곡 쌓여서 만들어지는 결과물이었습니다. 내가 행복하려고 책을 쓰는 의미와 가치, 즐거움이 지속되어야만 했습니다.

일시적으로 끝나버리는 쾌락은 아쉬움을 남겼습니다. 그래서 행복하게 살려면 매번 행복의 밀도를 키워낼 수 있는 생활방식을 이끌어가야 합니다. 생활 속의 행복 밀도를 높여나가는 기본 과정이 긍정 심리입니다.

싸이앤북스에서 출판했던 <행복의 선택>에서는 완전한 행복이란 있을 수가 없으며, 완전한 행복에 가까이 다가가기 위한 기쁨과 즐거움의 상태보다는 '괴롭지 않게 살아갈 것'을 강조했습니다.

괴로움이 없는 마음 상태를 행복의 기준점으로 삼고 있을 때 지속가능한 행복 수준을 유지했습니다.

행
복
한

뇌
를

만
드
는

법

　가정마다 예절 교육은 필수입니다. 아이들이 성장하고 사회
성을 친밀하게 배워나가는 학습영역입니다. 엄마 아빠가 몸소
가르쳐야만 할 기초과목입니다. 어느 가정이든 무척 소중하게
다루는 것은 예절 교육입니다.

　하지만 또 다른 필수과목이 있는데, 그 과목은 무시했습니
다. 제대로 가르치는 것에도 한계를 느꼈습니다. 그것은 악한
생각과 감정을 품지 않도록 하는 일입니다. 항상 좋은 생각과

태도를 갖추고 생활하도록 가르치는 것입니다. 요즘 이런 역할 논쟁은 뇌과학 분야로 옮겨갔습니다.

코러스 코시는 <관계의 기술>에서 인간의 뇌는 3파운드이고 우리 체중의 2%에 불과해도, 우리가 말하고 생각하며 행동하는 것을 모두 관장할 수 있는 놀라운 예술작품이라는 겁니다. 그리고 뇌기술 활용법은 19가지를 제시했는데, 줄줄이 열거만 해도 의미심장하게 다가왔습니다.

그래서 나는 코러스 코시가 제시한 뇌기술 활용법을 나열해 보았습니다. 모든 것들이 내가 주체가 되어 주도적으로 할 수 있는 일들입니다. 내가 생활 속에서도 적극적으로 실천함으로써 보다 나은 뇌기술의 잠재능력을 탑재하는 것입니다. 역동적인 뇌 구조의 활용법입니다.

- 1번 뇌기술 - 기쁨을 나누어라
- 2번 뇌기술 - 자신을 진정시켜라
- 3번 뇌기술 - 둘 사이에 유대를 형성하고 애착을 동기화 하라
- 4번 뇌기술 - 감사를 표현하라
- 5번 뇌기술 - 가족 간의 유대를 형성하라
- 6번 뇌기술 - 고통으로부터 마음의 핵심가치를 파악하라

- 7번 뇌기술 - 이야기를 동기화하라
- 8번 뇌기술 - 성숙의 수준을 파악하라
- 9번 뇌기술 - 한숨을 돌리라
- 10번 뇌기술 - 비언어적 이야기를 나누어라
- 11번 뇌기술 - 여섯 가지 감정을 기쁨으로 돌아가라
- 12번 뇌기술 - 여섯 가지 큰 감정 가운데서 자기답게 행동하라
- 13번 뇌기술 - 영안으로 하나님이 보시는 것을 보라
- 14번 뇌기술 - 사르크(Sark, 육신)을 멈추라
- 15번 뇌기술 - 교류를 지속하면서 자신을 진정시켜라
- 16번 뇌기술 - 고 에너지 반응과 저 에너지 반응을 인식하라
- 17번 뇌기술 - 애착의 유형을 파악하라
- 18번 뇌기술 - 다섯 가지 레벨의 고통을 분별하고, 뇌가 정체되어 있는 부분에 개입하라
- 19번 뇌기술 - 복합적 감정을 처리하고 기쁨을 회복하라

- 코러스 코시, <관계의 기술>, 토기장이, 2016 -

눈여겨보면 코러스 코시가 말하고 있는 뇌기술의 발전은 곧 행복의 기술입니다. 제시된 뇌기술 하나하나는 스스로 행복하기 위해서, 나의 두뇌 프레임을 다시 설계해야만 하는 일입니

다. 이게 뇌과학 영역의 핵심 부문입니다. 결국 뇌과학에서 추구하는 최종목적지는 행복입니다. 뇌기술 활용법도 인간의 행복을 과학적으로 입증하는 영역입니다.

크게 뇌과학분야에서 다루고 있는 전문영역은 관계적, 감정적, 정신적, 영적 건강을 얻기 위한 뇌기술 활용영역입니다. 자세히 보면 행복한 뇌 상태를 만들어내기 위한 뇌기술 방법인 겁니다.

이런 주장을 뒷받침할 수 있는 것이 19가지의 뇌기술 영역을 거꾸로 뒤집어 보는 것입니다. 그러면 '슬픔을 전파하라', '분노를 일으켜라', '유대를 파괴하고 불신을 부추겨라', '불만을 표현하라', '가족 간의 유대를 해체하라'와 같은 부정적인 현상들로 채워졌습니다.

뇌과학에서 다루고 있는 뇌기술은 행복한 뇌를 만들어가기 위한 방법입니다. 그래서 우리가 행복하기 위해서는 스스로 행복한 뇌가 작동할 수 있도록 절제하고 다스리는 방법이 중요했습니다. 나의 생각과 기억을 행복한 뇌로 업그레드*upgrade* 시키는 일입니다. 우리가 행복한 삶을 선택해서 살아가려면, 뇌 상태를 행복하게 만들어가는 뇌 활용법을 참조할 만했습니다.

제15장

/

잠시 쉬어 가는 행복

앞으로만 가려고 해

왜 자꾸 앞으로만 가려고 해,
잠시 쉬어가야지!

이런 말을 들어보았나요. 금시초문^{今始初聞}, 생소한 말일 수도 있습니다. 나는 거의 들어보지를 못했습니다. 그래서였는지, 과도한 스트레스를 받으면 내게 쓰던 말입니다. 나는 젊었을 때, 지금으로부터 약 20년 전에 미국과 캐나다 동부지역을 방문했습니다.

봄 학기 대학 강의를 끝내고 해외 우수대학 탐방을 떠났습니다. 뉴욕의 존 F. 케네디 공항으로 입국해서 거의 보름간 동부지역의 대학 캠퍼스를 답사했습니다. 미국 동부의 펜실베니아부터 캐나다 퀘벡까지 빽빽한 답사 일정을 소화했습니다.

우리는 자가용을 렌탈해서 미국과 캐나다 동부지역을 연결하던 고속도로를 달렸습니다. 고속도로 곳곳에는 간이휴게소 *Rest Area*가 설치되어 있었습니다.

하지만 그 규모는 우리나라의 웅장한 고속도로 휴게소와는 차이가 있었습니다. 장거리 여행을 떠난 사람들이 화장실을 들리거나, 가볍게 쉬면서 식음료수를 마시는 곳이었습니다.

잠시 쉬어가는 것은 재충전의 기회를 갖는 일입니다. 주행노선을 포기하는 것이 아니라, 아무런 사고 없이 목적지까지 달려가기 위해 방전된 에너지를 충전하는 시간입니다. 개별 휴게소마다 편의점과 식당, 매점 코너들이 즐비하게 늘어선 상업용 시설과는 큰 차이를 보였습니다.

하지만 딸들을 태우고 고속도로를 주행하다 보면, 가끔 큰 마음을 먹고 휴게소를 들어가곤 했습니다. 급기야 화장실을 가서 급하게 볼일을 보는 것까지는 좋았는데, 다양한 음식 코너를 즐기려고 지불해야만 하는 잠재적인 부대비용은 커다란 부담감이었습니다.

한국에는 휴게소 맛집만을 찾아다니는 음식 애호가들도 있었습니다. 휴게소마다 특산물 판매를 비롯하여 다채로운 음식 코너들이 자리를 잡았습니다. 우리 집 딸들은 종종 휴게소 음식을 먹고 싶다며 흥겹게 찾아갔습니다. 잠시 휴식을 취하는 것보다 음식 코너를 돌며 맛있는 주전부리를 사 먹는 재미가 쏠쏠했습니다. 딸들에게 고속도로 휴게소는 볼일을 보거나 쉬는 것 이외에도, 맛있는 주전부리가 산더미처럼 쌓여 있는 곳입니다.

음식 맛에 이끌려 휴게소를 들어갔습니다. 참 아이러니한 주객전도 현상이었습니다.

인생길을 달려가다가 힘이 들고 방전되면 휴게소를 찾아서 음식도 먹고 편안한 시간을 보내며, 여유 있게 쉬어가는 것은 현명한 선택입니다. 앞만 보며 무작정 달려가는 것은 길바닥 위에 주저앉기 일쑤였습니다. 행복한 인생을 위해서는 삶의 템포를 조절할 수 있어야만 했습니다.

내
주
변
의

행
복

자
산

역대급 문학작품들은 지역성을 품고 있습니다. 박완서의 엄마의 말뚝은 서울, 김유정의 봄봄은 춘천, 이효석의 메밀꽃 필무렵은 봉평 등 지역성을 담아냈습니다.

나는 원주로 옮겨온 이후 박경리 선생님의 소설 <토지>가 이곳에서 쓰여졌다는 말을 듣고 매우 기뻤습니다. 원주시 단구동 소재의 박경리 문학공원을 답사하면 소설 <토지>의 집필 장소를 만났습니다. 그곳은 농촌의 목가적인 풍경을 느껴볼 수 있는 이점이 있었습니다. 농촌 생활을 체험할 수 있는 곳, 이런 곳이 작가의 상상력을 자극해서 불후의 명작을 쓸 수 있었다는 생각이 들었습니다.

이런 점은 내가 살아가고 있는 지역에 대한 또 다른 애착입니다. 주변 생활공간에서 나를 행복하게 만들어 줄 수 있는 소재를 찾아내는 일입니다. 또 한 가지 확실한 것은 매일 치악산의 눈부신 자연 풍경을 즐기는 일입니다. 박경리 선생님도 원주시 단구동에서 <토지>라는 소설작품을 쓸 때에 마음껏 치악산 풍경을 즐겼을 겁니다. 그분이 글을 썼던 집터에는 넓다란 너럭바위가 놓여있는데, 그곳에 앉으면 치악산 산세가 훤히 펼쳐졌습니다.

나는 원주에서 지난 4년간을 분주하게 살았어도, 참 반갑고 묵직한 기쁨은 박경리 문학공원이었습니다. 어느 날, 내가 만났던 문화해설사는 그 바위가 박경리 선생님이 글을 쓰다가 머리를 식혔던 곳이라며 소개했습니다. 나도 그 자리에 앉아서 박경리 선생님이 무슨 생각을 하셨을까를 고민해 보았습니다. 그리고 내가 얻은 결론은 의외로 단순했습니다.

박경리 선생님은 아무런 생각도 없이
그저 최선을 다해 치악산을 바라보셨을 거야!

집중해서 글을 쓰던 정신노동, 또는 소설가로서 온갖 고민에서 벗어나 한가롭게 자연풍경을 즐겼을 것이란 확신이 밀려왔습니다. 복잡하고 치열하게 소설 <토지>를 쓰다가, 한두 시간쯤은 너럭바위 위에 걸터앉아서 잡념을 비워내며 머리를 식혔을 것이란 생각이 들었습니다.

서울 수도권에서 가장 근접거리에 위치한 국립공원은 치악산이며, 분지형의 산세가 도시를 병풍처럼 휘감고 돌아갔습니다. 사계절 내내 꽃이 피고 비바람이 불며 붉은 낙엽이 지고 하얀 눈보라가 몰아쳐도 공감적인 계절미를 지켜냈습니다. 나는 치악산을 바라보며 사계절 내내 기도자의 품격을 느꼈습니다. 기도자의 처음과 끝은 최고의 순간을 선택하지는 못해도 최선을 다해 주변의 것들을 지키고 사랑하는 마음을 갖는 일입니다.

또한 주변 사람들은 끊임없이 치악산과의 우정을 고백했습니다. 최소한 내 주변을 돌아보며, 마음의 여유를 나눌 수 있는 것은 행복 자산입니다. 이렇게 마음 편하게 누렸던 행복 경험들은 쉽게 잊어지는 게 아닙니다. 우리의 인생 어딘가에 녹아 있고, 때마다 불러줄 때를 기다리고 있습니다.

우리의 생활 주변에는 무수히 많은 행복 자산들이 감추어져 있으며, 이런 자산들을 하나씩 발견하고 누릴 수 있어야 합니다. 늘 관심을 갖고 내 주변의 행복 자산들을 발견하고 누리는 것은 좋은 일이라는 것을 말하고 싶습니다. 최선을 다해 나의 행복을 추구하는 것은 옳은 일이라는 말을 하고 싶은 겁니다.

버
리
는
게 최
선
이
야

사회생활 형태는 다양합니다. 사회생활 그 자체를 누리며 살아가는 사람들, 열심히 사회생활을 개척하며 살아가는 사람들, 아예 사회생활 자체를 포기하고 살아가는 사람들, 그리고 겨우 버티며 근근이 살아가는 사람들입니다.

사람들의 생활방식을 보면 사회적 지위와 역할 관계가 야속했습니다. 이와 관련해서 깊은 공감대를 느끼게 했던 국민 드라마는 <미생>이었고 주인공은 인턴사원 장그래였습니다. 이

전의 드라마와는 달리, 인턴사원의 신랄했던 생존환경은 국민적인 공감대를 불러냈습니다. 방송드라마 부문 시청율 1위를 22번이나 차지했으며 극찬이 쏟아졌습니다. tvN 드라마 <미생>은 프로바둑 입단을 실패했던 장그래의 인턴 생활을 그려냈습니다.

원작은 윤태호 작가의 웹툰 만화를 소재로 정규직과 비정규직인 인턴 생활을 바둑 미생에 비유했습니다. 인턴 생활은 여전히 정규직이 되지 못한 예비사원에 불과했습니다. 회사 내의 정식 멤버가 되지 못한 최하위 계층의 악천후 생존환경, 또는 비정규직의 고달픈 생활상을 적나라하게 고발했습니다.

누구에게나 폭넓은 공감대를 얻었던 것은 장그래의 잦은 실수와 여전히 불안했던 생존환경입니다. 그러니까 매회 불안 불안했던 모습들이 사람들의 심금을 울렸습니다. 사회생활 경험자라면, 회사를 갓 입사할 당시의 불편했던 계급구조를 잘 알고 있습니다. 모순적인 사회구조에서 <미생>은 도태되지 않고 회사에서 사라지지 않기 위해 끝까지 버티는 생존전략을 선택했습니다. 숱한 위기 속에서 버티어 내는 것만이 최선의 전략이었습니다.

삶은 버티기이다.

미련스럽게 보이지는 않았다.

더욱이 초라하지도 않았다.

할 수 있다면 끝까지,

힘이 들더라도 버티라고 말하고 싶었다.

- tvN 방송, <미생>에서 발췌 -

장그래의 독백입니다. 생존환경 속에서 버티어 내는 것은 미련스럽지도 초라하지도 않은 사회적인 선택입니다. 그래서 인지 할 수 있으면 끝까지 살아남으라는 충고밖에는 할 말이 없습니다.

그런 이유 때문인지 tvN 방송드라마 <미생>에서 장그래의 생존방식은 쉽게 잊혀지지가 않습니다. 직장생활에서 힘들게 버티어 낼 때에, 힘들고 어려운 현실 상황은 미래의 행복 밑거름이 될 것입니다. 미래의 행복을 보장하기 위한 삶의 윤활유가 될 것입니다.

침묵이 갖는 행복

가끔은 말도 쉬어 가야 합니다. 앞뒤 가리지 않고 막가파식으로 흘러나오면 충격적인 사건의 원인이 됩니다. 때론 침묵은 금입니다. 한자표기로 침묵은 잠길 침沈과 잠잠할 묵默의 뜻풀이를 담아냈습니다. 깊이 잠겨 있는 상태, 또는 말없이 침묵 상태를 유지하라는 뜻입니다.

이런 행동은 홀로 있을 때보다 다른 사람들과 대화를 주고받을 때에 중요했습니다. 내가 하고 싶은 말을 모두 퍼붓는 것은 지혜로운 의사소통 방식이 아닙니다. 침묵을 유지하며 잘 듣는 것도 중요한 대화법입니다. 의외로 독단적이거나 수다스러우면 말실수가 넘쳐났습니다.

때론 말도 상황에 맞게 쉬어 가야지만 제대로 된 의사소통 행위를 끌어냈습니다.

침묵은 중요한 의사소통 과정입니다. 그러고 보면 침묵이 금이라는 말은 공감적입니다. 하지만 궁금했던 것은 언제 침묵해야만 할 것인가에 대한 타이밍*timing*입니다. 대화 중에도 침묵을 지켜내야만 할 때가 언제인지를 분별해야만 했습니다. 고도원의 <절대고독>은 고요해야 타인의 소리, 하늘의 소리가 들린다며 침묵의 가치를 강조했습니다. 우리에겐 침묵의 시간이 필요함을 말했습니다.

> 때때로 침묵이 필요합니다. 침묵하는 법만 알아도 깨달음의 절반을 이룬 셈입니다. 침묵해야 고요해지고, 고요해야 들립니다. 타인의 소리, 하늘의 소리가 들립니다.
>
> – 고도원, <절대고독>, 해냄출판사, 2017 –

나름대로 책 쓰는 일에 몰두하며, 이른 새벽 시간에 잠에서

깨어났습니다. 일찍 일어나 책을 쓰는 게 유익했습니다. 이른 새벽에는 무척 고요했습니다.

그런데 새벽 6시가 가까워지자 빽빽한 아파트 주차장에는 날카로운 경적 소리가 요동쳤습니다. 밤새 주차장이 꽉 차서 겹치기 주차, 또는 이중주차를 해 놓았는지 아파트 베란다 너머에서 시끄러운 잡음이 들렸습니다.

위층에선 경적 소리에 놀란 아이의 울음소리가 함께 들려왔습니다. 그 순간에 내 입에선 감당하지 못할 욕지거리가 튀어나올 뻔했습니다.

불편한 소음이었습니다. 인근 경찰서에 신고해서 몰상식한 난봉꾼을 해결하고 싶었습니다. 경비아저씨에게 전화해서 빨리 시비 문제를 해결하라고 독촉하고 싶었습니다. 그런데 또다시 상스러운 목소리가 아파트 베란다 너머에서 들렸습니다. 이번에는 두 사람이 맞장을 떴습니다.

야, XX야!
남의 차 앞에 주차를 해놓으면 어떻게 하라는 거야.
바빠 죽겠는데, 이 XX야 주차도 제대로 못해.

지금 뭐라고 했어요.

이 주차장이 당신 꺼야!

동트던 아침부터 서로 삿대질하며 욕지거리를 쏟아부었습니다. 위험하게 몸싸움이라도 일어날 것 같았는데, 주먹다짐을 하지는 못하고 욕지거리만 난무했습니다. 예의란 것을 실종한 막가파였습니다.

새벽부터 둘 다 꼬락서니 좋다!

아파트 계단을 성급하게 뛰어 내려가던 누군가의 비꼬던 목소리였습니다. 결국 두 사람의 시시비비는 좋게 끝나지 않았는지, 어느새 경찰관들이 출동했습니다. 새벽부터 그 모습을 지켜보며, 둘 중의 하나라도 잠시 침묵을 유지했다면 그 결과는 어땠을까를 잠시 생각했습니다.

꽹과리는 서로 맞부딪치면 시끄러운 소리를 냅니다. 두 사람 때문에 아파트 주민들이 깨어났고 어린아이도 울었으며, 경비실 아저씨도 불려왔고 경찰관까지 출동했습니다. 시시비비를 따지는 일들, 경적을 울리던 일들, 그리고 방관자들이 떠들던 일들 속에서 행복을 지켜내려면 침묵이 필요할 때도 있습니다. 말을 많이 하고 자기주장이 뚜렷해야만 행복한 삶을 살아가는 것은 아닙니다. 자기주장이 옳다고 큰소리치는 것보다 침묵할 때에, 주변 사람들과의 충돌 없이 행복한 마음 상태를 유지했습니다.

제16장

／

체험으로 담아 놓은 행복 조언

경
험

속

행
복
의

체
취

사람들은 사소한 사건에도 큰 차이를 보입니다. 아무것도 아닌 것처럼 가볍게 다루어도, 사람들은 사소한 일에 목숨을 겁니다. 사람마다 사소한 일에 대처하는 현실적인 방법에는 커다란 차이를 갖습니다. 큰 꿈과 비전을 품고 일관되게 걸어가는 통 큰 사람들도 있지만, 눈앞에 놓여 있는 작은 문제에 얽매여 전전긍긍하는 사람들도 있습니다.

후자의 사람들은 소심했습니다. 하지만 무작정 큰 꿈을 품고 그 일을 도모하는 것은 실패할 소지가 컸으며, 이런 행동만을 도전적인 가치가 있는 것으로 취급하는 것은 커다란 오산입니다. 우리가 어릴 때부터 주입받았던 인생관은 거대한 비전과 큰 꿈입니다. 그 당시 미래의 자기 꿈을 말하면 대통령, 장관, 국회의원, 장군 등 사회적인 목표치를 말하는 사례가 다수였습니다. 마치 바람을 타고 거대한 산맥을 유유히 비행하던 알바트로스*Albatross*와 같이 높고 커다란 이상향을 품었습니다. 눈앞에 놓인 작고 사소한 일부터 충성된 자세로 임하라는 말은 거의 들어보지를 못했습니다.

나는 초등학교 때에는 지지리도 공부를 못했습니다. 겨우 한글을 읽는 수준이었으며, 시골초등학교의 축구부 선수였습니다. 공부와는 담을 쌓고 축구를 즐겼습니다. 하지만 초등학교를 졸업하면서, 겨우 공부에도 관심을 가졌습니다. 무작정 공부에 열중했더니, 학교 성적은 하루아침에 기대 이상의 성과를 낳았습니다.

그때부터 눈앞에 놓여 있는 현실 상황 앞에서 최선을 다하면 기대 이상의 좋은 성과를 불러왔습니다. 뒤늦게 학교 성적을 높여보려고 작고 사소한 일에 충성했던 것이 삶의 목적을 바꾸게 된 계기였습니다. 이런 일들을 체험하면서, 크게 깨달았던 안목은 현재의 행동이 미래의 내 모습을 결정할 수 있다는 현실지향적인 지혜였습니다.

다행스럽게도 사소한 현실 상황에도 충실하게 대응해야만 한다는 경험적인 시선을 갖게 된 것입니다. 하지만 세상을 이해하는 좋은 시선을 갖는 것은 경험적으로 체득한 실용적인 지식만으로는 턱없이 부족했으며, 책 속의 지혜가 필요했습니다.

이런 점에서 신현림 작가가 쓴 <딸아, 외로울 때면 시를 읽으렴>의 시집을 갖고 잠시 이야기를 나누어볼까요. 주제부터 궁금증을 유발한 것은 왜 딸에게 이런 부탁을 했는가입니다. 시간이 남아돌고 심심할 때 시를 읽으라는 것도 아니고, 한없이 외로울 때 시를 읽으라며 직접 당부했습니다. 엄마는 시를 통해 외로움을 이겨내고 다시 삶의 에너지를 충전하며, 시 속에 녹아 있는 눈부신 통찰력을 통해서 위안과 용기를 얻으라는 각별한 조언이었습니다.

지혜로운 행복 조언은 이런 것이지 않을까 싶습니다. 그러면 알리기에리 단테가 쓴 "경험"이라는 시를 통해서 한 가지를 더 살펴볼까 합니다.

경험

알리기에리 단테

얻어먹은 빵이 얼마나 딱딱하고,
남의집살이가 얼마나 고된지
스스로 경험해 보라.

추위에 떨어 본 사람만이
태양의 소중함을 알 듯,
인생의 힘겨움을 통과한 사람만이
삶의 존귀함을 안다.

인간은 모두 경험을 통해서
조금씩 성장해 간다.

- 인터넷 블로그, "오늘의 시"에서 발췌 -

　어떤가요. 지혜의 무게인 경험이라는 것을 통해서도 얻을 수
있는 이점을 발견했나요. 다양한 인생 경험을 바탕으로 존귀함
을 깨닫는 것, 또한 이런 깨달음을 통해 스스럼없이 나를 행복
하게 키워나가는 자양분이 경험적인 지혜입니다.
　이런 이유에서라도, 나는 눈앞의 작고 사소한 일에도 최선

을 다할 수 있는 세상 안목을 갖게 된 점이 너무 좋았습니다. 충분히 갖추어야만 할 세상 지혜는 다양한 삶의 경험을 축적해서, 우리의 행복을 더욱 확장시켜 나가는 것입니다. 이런 지혜는 긍정의 에너지를 선순환시킬 수 있는 삶의 통찰력을 담고 있습니다.

삶과 대조되는 것은 죽음입니다. 삶은 생명의 지속시간을 뜻하고 죽음은 생명 활동이 끝나는 일, 또는 세상과도 결별하는 순간입니다. 죽음은 심장과 호흡, 뇌 기능의 영구적인 정지 상태입니다. 죽음을 끝이라고 생각합니다.

하지만 끝이 아닌 영성체적인 삶의 시작이라는 종교적인 관점도 성립합니다. 한 가지 공통점은 언젠가는 죽음을 맞이해야 합니다. 그래서 사람들은 저마다 죽음을 바라보는 시선과 감정, 그리고 이에 대한 자기 해석을 지녔습니다. 우리는 죽음을 맞이할 수밖에 없는 한정된 생명활동 기간을 갖고 있기 때문에, 스스로 죽음을 어떻게 이해하고 수용할 것인가는 막대한 영향력을 끼쳤습니다.

실제 종교이든 철학이든 죽음의 실체를 증명하려는 노력은 복잡했습니다. 개별적으로 죽음을 다루는 시선은 모두 달랐습니다. 의학계에선 육체 활동의 소실로서 설명했고, 기독교에선 하나님의 심판 이후 천국행과 지옥행으로 구별했습니다. 불교에선 윤회설을 주장했으며, 명상가들은 죽은 후 본향의 집으로 돌아가는 것을 말했습니다. 죽음 이후에 대한 해석은 관점에 따라 차이가 컸습니다.

그러나 크게 구별하면 죽음 이후 사후세계를 인정하는 부류, 또는 사후세계를 인정하지 않는 부류였습니다. 허긴 사람들은 죽음을 맞이해 본 일이 없으니, 막연히 죽음에 대해 두려워할 수도 있습니다.

나는 죽음에 대한 자기 이해를 명확하게 취하는 것이 좋다고 봅니다. 그 이유는 죽음 이후 사후세계를 인정하느냐, 그렇지 않느냐에 따라 현시점에서 추구하는 행복의 의미가 사뭇

달라졌습니다. 사후세계를 인정하면 그만큼 충실하게 생활하겠지만, 사후세계를 인정하지 않으면 그저 자기에게 유리한 쾌락적인 행동을 선택했습니다.

한편 죽음을 말하는 것 그 자체에 대해 성가신 반응을 보이는 사람들도 있습니다. 단적으로 죽음 자체를 받아들이지는 못했으며, 이 땅에서 영원히 살 것처럼 이야기했습니다. 이런 사람들은 죽음을 수용하지 못했습니다. 그렇습니다. 우리는 죽을 수밖에 없는 한정된 인생을 살아가는 제한된 존재입니다. 하지만 죽음을 어떻게 받아들이는가에 따라서, 현재 수준보다 더 행복하게 살 수도 있습니다. 현실 세계에서 죽음까지도 사랑할 수 있는 마음입니다. 절대자를 열렬히 사랑하는 것 만큼, 그 안에서 자신의 죽음까지도 '사랑한다'라며 고백했던 김하인 시인입니다.

> 당신 또한 단순히 절 사랑하는 게 아니라
> 제게 삶의 가장 빛나고
> 화려한 생명의 순간을
> 죽음으로 주신다는 걸 압니다.
>
> - 교르바, "죽음의 시, 메멘토 모리" 中에서 발췌 -

시인은 죽음을 이해하고 대면하는 태도가 다릅니다. 영원한 이별의 슬픔, 또는 한정된 물리적인 생명 활동에 대한 두려움은 어디에서도 찾아볼 수가 없었습니다. 그의 고백은 죽음이란 자신의 삶에서 가장 빛나고 화려한 생명의 순간이며, 절대자가 우리에게 부여한 최고의 순간입니다.

마치 죽음은 이별을 전제로 한 슬픔의 대상이 아니라, 절대자가 우리에게 부여한 화려한 생명의 꽃이 다시 피어나던 순간입니다.

이제 죽음에 대해 어떤 생각이 듭니까? 소중한 사람들과 잠시 여행을 떠나거나 헤어지는 것은 괜찮습니다. 영원한 이별이 아닌, 눈부신 새로운 생명의 시작이라면 오히려 죽음이 기다려질 수도 있을 겁니다.

그래서 여기서 한 가지 덧붙이고 싶은 것은 항상 행복한 죽음을 앞둔 사람처럼 생각하며 살아가면 어떨까 하는 겁니다. 최소한 이 땅에서 영원히 살 것처럼 교만하지는 않을 것입니다. 이렇게 말하는 것은 리디어 더그데일의 <삶의 마지막까지, 눈이 부시게>에서 발견했던 죽음의 혜안 때문입니다.

누구라도 한 번은 자기 모습을 제대로 돌아볼 때가 있으니,

바로 '죽음' 앞에 설 때다.
죽음을 생각할수록 삶의 방향은 더욱 선명해진다.

마지막 숨을 내쉴 때 우리는 무엇을 아쉬워할까?
후회 없이 떠나려면 어떻게 살아야 할까?

찬란하게 빛났던 당신의 삶이 끝까지 눈부시도록

– 리디아 더그데일, <삶의 마지막까지, 눈이 부시게>, 현대지성, 2021 –

좀 어떤가요? 지금부터라도 어떤 마음가짐으로 살아야만 할 것인가에 대해 구체적인 답이 되었나요. 이런 삶이 행복한 삶이지 않을까 싶습니다. 죽음을 이겨내는 것은 죽지 않고 오래 살기 위해 온갖 방법을 동원하는 것이 아니라, 죽음을 어떻게 수용하며 살아갈 것인가에 대한 이해입니다. 죽음에 대한 나의 견해는 현재의 삶을 충실하게 받아들일 수 있는 행복의 시선인 겁니다.

1
초씩 쌓아가는 행복 더미

사람을 위로하는 일은 행복 더미입니다. 실제로 기능하지 않는 장식품^{dummy}를 말하는 게 아니라, 행복을 쌓아가는 무더기와도 같습니다. 고대부터 현대까지 혜안을 갖고 있는 철학자, 또는 지식인 반열에 들어가 있는 사람들이 충고했던 최고의 행복 조언은 타인을 향한 이웃사랑과 헌신이었습니다.

행복의 일번지는 헌신적인 이웃사랑의 실천입니다. 힘들고 어려운 처지에 놓여 있는 사람들에게 작은 도움이라고 되고 싶은 것이 인지상정人之常情입니다. 사람이면 누구나 가질 수 있는 보편적인 마음입니다.

이런 생각을 위로하고 싶었던지 "인생은 좋건 나쁘건 그 사람의 생각대로 된다"라는 동서고금의 격언을 발견했습니다. 고대 로마의 황제였던 마르쿠스 아우렐리우스의 조언이었습니다.

하지만 19세기 미국의 철학자인 에머슨은 "인간의 일생은 그 인간이 하루종일 생각하고 있는 그대로 된다"라고 말했으며, 또한 자동차왕이라고 불렀던 헨리포드는"된다고 생각을 하든 되지 않는다고 생각을 하든 그것은 모두가 맞는 말이다. 왜냐하면 어느 쪽이든 생각한 대로 결과가 나오기 때문이다"라고 말했습니다.

우리의 생각이 삶의 결과를 만들어낸다는 것입니다. 그래서 건강하고 좋은 생각들을 쌓아가는 것, 흔히 1초씩이라도 좋은 생각들을 쌓고 쌓아서 좋은 인생을 만들어가라는 말과도 서로 통했습니다. 매 순간 최선을 다해 살아갈 것을 강조했지만, 1초씩이라도 더 행복한 생각을 습관적으로 쌓아가라는 뜻인 겁니다.

"나는 꿈을 이루고 있는 중이다"

"내 인생 궤도는 목적지에서 벗어나지 않았다"

"나는 무한한 능력과 가능성이 넘쳐 난다"

"나에게 멋진 미래가 다가오는 중이다"

"지금껏 힘들었던 것은 내일을 위한 사전준비인 거다"

이렇게 습관적으로 좋은 생각을 1초씩 쌓다 보면 내 생각도 달라집니다. 불안정하고 두려운 마음은 연소 되고 긍정적인 생각들로 매 1초씩 쌓아가는 행복쌓기 연습입니다. 우리 속담에는 천 리 길도 한 걸음부터라고 했습니다. 행복을 찾아가는 방법도 똑같은 이치입니다. 하루에 1초씩이라도 긍정적인 마음과 생각을 쌓다 보면, 그 체적 시간은 점점 늘어날 겁니다. 행복을 찾아가는 좋은 방법은 더도 말고 덜도 말고 날마다 행복을 생각하는 시간 분량을 조금이라도 더 늘려나가는 일입니다.

마음에 새긴 행복 조언들

행복은 낯선 일이 아닙니다. 우리에겐 당연한 것입니다. 행복의 세계가 자신과는 동떨어진 것처럼 편파적으로 생각하는 사람들이 있지만, 누구이든 행복 추구는 자연스러운 현상입니다.

그래서 우선 행복과는 동떨어져 있다는 어긋난 생각부터 바꾸어야 했습니다. 우리보다 먼저 행복한 인생을 살아냈던 선배들의 끊임없는 행복 조언을 가슴에 담아놓아야만 했습니다. 그

중에서도 워즈워드, G. 무어, 보브의 희망을 품고 있는 행복 조언은 깊은 공감대를 형성했습니다.

- 워즈워드 – 우리는 감탄과 희망과 사랑으로 산다.
- G. 무어 – 우리들은 과거에의 집착보다 미래의 희망으로 살고 있다.
- 보브 – 희망은 영원히 사라지지 않는 것, 사람은 지금 행복하지 않아도 언젠가는 행복해진다고 생각한다.

- 묵돌언어문화연구소, "역경을 이겨낼 희망 명언" 中에서 발췌 -

나는 이분들의 글을 묵상했습니다. 그리고 지식인들의 행복 조언에서 공통점은 '희망'이라는 포기하지 않는 미래의 꿈이라는 것을 발견했습니다. 희망은 행복한 삶을 끌어내기 위해 필요한 잠재된 에너지원이었습니다.

이 순간에도 내 삶에서 행복 에너지를 충전하기 위한 행복 조언을 마음 밭에 한 줄을 새겨놓을까 합니다. 마음에 새겨진 좋은 글귀 하나하나가, 우리가 더욱 행복한 사람으로 살아갈 수 있는 계기가 된다는 점입니다.

행복은 결코 많고 큰 데만 있는 것이 아니다.
작은 것을 갖고도 고마워하고 만족할 줄 안다면
그는 행복한 사람이다.

- 법정, <홀로 사는 즐거움>, 샘터, 2006 -

결코 행복한 사람의 삶은 거창한 것에 놓여 있는 게 아닙니다. 우리의 삶 주변에서 행복한 삶에 대해 발견하고 배우며, 키우고 누리는 인생 목표를 실천하는 일입니다. 이처럼 행복한 삶을 살아가기 위해서는 일상적인 생활 속에서도 행복 설계도를 구체적으로 만들어 볼 필요가 있습니다. 현재보다는 훨씬 더 행복한 미래의 삶을 꿈꾸고 희망하며, 인생 밑그림을 그려 갔으면 좋겠습니다.

마
무
리
글

세상에서 가장 능력 있는 사람이 되기는 힘들어도, 가장 행복한 사람은 될 수 있습니다. 행복은 쌓고 또 쌓다 보면 나와는 가장 친한 친구로서, 나의 두 손을 꼭 잡고 인생길을 함께 걸어갈 것입니다.

이제 편하게 한숨을 내쉬어도 좋을 듯합니다. 멋있게 마무리 글을 써야만 하는데, 어떤 말부터 꺼내놓을 것인가를 두고 한참 동안 생각을 보태고 또 보탰습니다. 그리고 겨우 얻어낸

문장입니다.

> 행복은 논하는 것이 아니라
> 언제나 탐하고 쌓아가는 것이다.

많이 부족해도 이쯤에서 내 인생의 행복 플러스⁺에 대한 모든 것을 마무리하는 게 좋을 듯합니다. 이 책을 집필하며 행복은 우연히 행운처럼 찾아오는 게 아니라, 내가 관심을 두고 끌어당겨야만 다가오는 독특한 성질을 갖고 있었습니다.

그래서 행복한 삶을 살아가는 것은 매번 이성적으로 앞뒤를 따져가며 논하는 것보다는 일상생활 속에서 언제이든 마음껏 탐하며, 쌓아가라는 실천적인 말을 주장하는 겁니다. 내가 거침없이 행복을 탐할 때, 미래를 향해 걸어가는 인생의 열린 문틈 사이로 행복은 쓰나미와도 같이 밀려올 것입니다.

행복은 스스로 끊임없이 만들어가야 하는 주어진 삶의 결과입니다.

여러분, 모두 행복하시길 기원합니다!